Der VerRückte,

der wieder laufen lernte

Werner Leippold

Bibliografische Information der Deutschen Nationalbibliothek
Die Deutsche Nationalbibliothekverzeichnet diese Publikation in der
Deutschen Nationalbibliografie, detaillierte bibliografische Daten sind
im Internet über http//dnbdnb.de abrufbar.

Herstellung und Verlag:
BoD – Books on Demand, Norderstedt

9 783734 730849

Inhaltsverzeichnis 3

burn in 45

burn out   87

burn on   125

1. Starker Auftritt

Wolf Karlsheim eröffnet eine Sondersitzung des Vorstandes eines in der Papierbranche tätigen mittelständischen Unternehmens. Einziger Tagesordnungspunkt ist die Vergabe eines Beratungsauftrages zur Optimierung des Vertriebs. Die Vertreter dreier namhafter internationaler Beratungsgesellschaften sind eingeladen worden. Der Vierte im Bunde ist Stem Paulson, Inhaber einer im Rhein-Main-Gebiet ansässigen jungen Unternehmensberatung. Die regionale Vertriebsleiterin, Frau Dr. Birgit Berger, hat ihn auf Empfehlung eines Rotaryfreundes ins Gespräch gebracht. „Warum nicht mal ein neues Gesicht?", meinte dazu ihr Boss Wolf Karlsheim, „kann nicht schaden. Anschauen können wir uns den ja mal."

Am Vormittag haben die drei Wettbewerber von Paulson ihren Auftritt. Punkt vierzehn Uhr öffnet sich die Türe für ihn. Karlsheim erläutert ihm kurz die Ausgangssituation und fragt dann direkt nach Referenzen für derartige Projekte. Es ist die Stunde der Wahrheit, da Paulson bisher weder in dieser Branche noch im Vertrieb beratend tätig war.

Er bedankt sich für die freundliche Einladung und nimmt sogleich Bezug auf die Einführung von Karlsheim: „Echte Innovationen entstehen nur in Köpfen von Menschen, die den Mut haben, neue Wege zu gehen. Doch was sind neue Wege? Neue Wege in ihrer Branche? Können diese irgendwo abgekupfert werden? Bei Mitbewerbern? Ich bin mir sicher, nein. Oder kennen sie eine Kopie, die innovativer als das Original ist? Ich offeriere ihnen daher nicht irgendwelche Referenzprojekte aus der Vergangenheit, sondern biete einen Entwicklungsprozess an. Ich bin der richtige Partner für sie, wenn sie bereit sind, wirklich neue Wege zu wagen."

Karlsheim streicht sich über die rechte Augenbraue, nimmt Blickkontakt zu seinen Kollegen auf. Er scheint beeindruckt zu sein von der in dieser Form unerwarteten Präsentation. „Sie gehen unser Thema ja forsch an. Aber, um ehrlich zu sein, für verrückte Ideen haben wir keine Zeit", meint er und schaut Paulson teils schmunzelnd, teils herausfordernd an. Dieser nimmt den Ball gerne auf, „das kann ich sehr gut verstehen Herr Karlstein", skizziert rasch am Flipchart essentielle Arbeitspakete, eine straffe Projektorganisation, sowie einen sehr ambitionierten Zeitplan. Abschließend kann er sich eine kleine Frage nicht verkneifen: „Und was sind hier im Hause die heiligen Kühe, die nicht geschlachtet werden dürfen?"

Es ist sehr ruhig im Raum geworden. Die Spannung zeigt. Was tun? Warten? Auf wen? Also packt er noch einen drauf: „Wenn ihr Schweigen die Antwort auf meine Frage ist, dann könnte es schwierig werden. Neue Wege in alten Prozessen? Wie soll das gehen? Herr Karlsheim, meine Dame und Herren, ich danke für ihre Geduld und freue mich auf eine herausfordernde Zusammenarbeit." Karlsheim erhebt sich bedächtig, geht auf Paulson zu, reicht ihm die Hand und flüstert: „Warten Sie in meinem Vorzimmer. Es wird nicht lange dauern. Also, bis gleich."

„Das ist der absolute Wahnsinn", jubiliert Paulson eine Stunde später im Taxi sitzend. „Du kommst hierher mit leeren Taschen und bringst ein solches Projekt mit nach Hause. Jetzt wird es aber Zeit, dich schlau zu machen, was in dieser Branche derzeit abgeht."

In diesem Moment kann er nicht ahnen, was und wie sich alles entwickeln wird. Er ist einfach nur happy und auch ein wenig stolz. Stem Paulson schließt für einen kurzen Moment die Augen. Urplötzlich erscheint ein Trailer mit ihm vertrauten Bildern: Einschulung – erster Kuss – Abitur – Universität – erster Job – Heirat – ... – STOP. Er zuckt zusammen: „Warum STOP?" Nach kurzem Nachdenken findet er eine für ihn sinnvolle Erklärung: Bis dahin war alles ziemlich normal verlaufen. So wie man normal eben begreift. Doch dann folgte sein Schritt in die berufliche Selbstständigkeit. Und plötzlich schien überhaupt nichts mehr normal zu sein: „Wie kannst du nur? Spinnst du? Bist du übergeschnappt? Wie kann man so einen sicheren Job nur aufgeben?", waren noch die harmloseren Kommentare zu seiner Entscheidung.

Er öffnet wieder seine Augen und lächelt vor sich hin. Stem Paulson will sein eigener Herr sein, als Unternehmer in einem grenzenlos wachsenden Europa mitmischen, den Kanzler der deutschen Einheit bei der Umsetzung blühender Landschaften im Osten unterstützen. Nicht aus einer politischen Motivation heraus, sondern um seine Vorstellungen von nachhaltigem Unternehmertum durchzusetzen: Profit ja, aber nicht um jeden Preis.

Im Flieger genehmigt er sich einen kräftigen Rioja, wohl wissend, dass Rotwein und Schmerztabletten keine empfehlenswerte Kombination sind. „Was soll's", brummelt er vor sich hin und nimmt einen weiteren Schluck.

Nach einer knappen Stunde richtet er sich auf, schält sich aus dem engen Sitz. Mitten im Aufstehen trifft sein Blick einen rothaarigen Mittdreißiger, der ihn einladend anlächelt. „Kennen wir uns?", will Paulson wissen. Die Antwort kommt prompt: „Sure, my name is Gary."

In diesem Moment meldet sich die Stimme der Flugbegleiterin: „Bitte stellen Sie das Rauchen ein und klappen Sie Ihre Tische hoch. Schnallen Sie sich wieder an. Wir befinden uns bereits im Sinkflug auf Frankfurt und werden in knapp zehn Minuten landen."

2. Coole Frau

„Du, Rolf", Frau Dr. Birgit Berger legt sanft ihre Hand auf den Arm von Rolf Tanner, „was hast du denn für einen Eindruck von dem? Du weißt schon, dieser neue Berater da." „Hör mir bloß auf damit. Die klopfen doch alle nur schlaue Sprüche, kassieren dicke Honorare, und wir müssen uns den Arsch aufreißen und das Ganze umsetzen. Am liebsten würde ich die ganze Horde mit meiner Pumpgun wegblasen. Nur Zecken. Ohne Ausnahme", poltert dieser los. „He, he, du bist ja mal wieder voll in Fahrt. Kennst du den denn persönlich?" „Den wen? Nie gesehen. Ist das etwa dein neuer?"

Birgit zieht instinktiv ihre Hand zurück. „Also Rolf, jetzt spinnst du aber wirklich. Was soll ich denn mit so einem?" „Weiß ich nicht. Du wolltest doch was über den erfahren. „Rolf, Rolf", meint Birgit, „dich kann man einfach nur knutschen", und drückt ihm einen schmatzenden Kuss auf die Wange. Dann muss sie laut lachen: „Jetzt siehst du aus wie ein Indianer mit Kriegsbemalung." „Was? Wie? Kriegsbemalung?" will dieser wissen.

Sie hält ihm einen kleinen Taschenspiegel vor das Gesicht. Tatsächlich. Ihr Kuss hat deutliche Spuren hinterlassen. Rolf ist genervt: „Wisch das sofort weg. Wenn das meine Alte sieht, gibt's wieder Zoff. Die ist eh stinksauer, weil ich demnächst für ein paar Tage nach Südafrika gehe." „Du nach Südafrika? Hast wohl keine Glitzersteine mehr? Und ich dachte an ein nettes Wochenende mit dir oder so", provoziert sie ihn. Rolf grinst seine Kollegin unverhohlen an. So kennt er sie, die vollbusige Schwarzhaarige, direkt, unkompliziert und immer genau wissend, wo es lang geht. „Hast wohl 'nen Hormonstau, junge Frau?", foppt er sie. „Du Depp", gibt sie zurück, „musst ja nicht alles gleich wörtlich nehmen", und greift ihm überfallartig zwischen die Beine. „Ja, was willst du denn? Für 'ne schnelle Nummer brauchen wir doch kein ganzes Wochenende." Das geht ihr nun aber doch zu weit. „Rolf", zischt sie, „jetzt kühl dich mal mit einem Bierchen runter. Oder muss ich dir einen Kübel Eiswasser organisieren? Du schwanzgesteuerter Schwellkopf. In diesem Zustand bist du nur indiskutabel. Kapiert?" Rolf lehnt sich zurück und macht auf tief getroffen: „Du kennst mich doch. Ich bin eben manchmal etwas emotional." Birgit mustert ihn mit leicht abwertendem Blick: „Emotional? Du Testosteronhampel."

Rolf atmet tief durch während Birgit bereits einen Schritt weiter ist: „Ob der mit Paulson klarkommt? Ein Versuch wäre es wert." „Du", flötet sie, „hast du morgen Vormittag etwas Zeit für mich?" Nach kurzem Zögern erwidert Rolf: „Morgen, was steht denn morgen an? Okay, aber nur, wenn du mir heute Abend Gesellschaft leistest." „Das ist Erpressung", entgegnet sie spontan, „versprich mir, dass du dich ab sofort benimmst, Rolf Tanner." „Ich tue mein Bestes. Give me five", retourniert dieser und zeigt sein bestes Grinsen.

3. Alphatiere

Am nächsten Morgen schießt Tanner bei Birgit ins Büro. Sie nippt gerade an einer Tasse Kaffee und blickt überrascht zur Tür: „Wohl im D-Zug-Tempo durchs Kinderzimmer gefahren", blafft sie ihn an. „Tschuldigung, ich kann doch nicht wissen, dass du hohen Besuch hast. Ich geh ja schon wieder." „Bleib da", befiehlt sie, „so war's doch nicht gemeint. Darf ich vorstellen? Unser Berater, Stem Paulson, selbst ernannter Experte für Vertriebsfragen." Paulson steht instinktiv auf und macht einen Schritt in Richtung Tanner. „Nicht nötig", wehrt dieser ab. Er wendet sich Frau Berger zu: „Was sagst du? Ein Studierter und Vertrieb? Das passt ja überhaupt nicht." „Interessant", Paulson mischt sich ein, „Rolf Tanner, Ingenieur Maschinenbau, Abschluss 1983." Lächelnd ergänzt er: „Zwölfender, Abgang als Offizier. Oder?" Rolf ist baff. Paulson hebt kurz seine linke Augenbraue und packt noch einen drauf: „Aber setzen Sie sich doch. Männer, die anpacken, kann man überall gebrauchen."

Birgit Berger lauschte aufmerksam dem Gesprächsverlauf und kümmert sich plötzlich eigenhändig um einen dritten Stuhl. „Rolf", sagt sie, „wir brauchen einen internen Projektmanager, der nicht aus dem Vertrieb kommt, aber doch den Laden hier kennt. Hast du eine Idee?" „Nimm doch den Personalfuzzi", schlägt dieser wie aus der Pistole geschossen vor, „dann tut der auch mal was Vernünftiges." „Rolf", entgegnet Birgit in einem Tonfall des Entsetzens, „willst du den Bock zum Gärtner machen? Du weißt doch genau, was passiert, wenn der bei uns auftaucht. Gib zu, dass das nicht dein Ernst war." Bevor Tanner antworten kann, springt Paulson für ihn in die Bresche: „Herr Tanner, ich will Sie in meinem Team haben. Und jetzt sagen sie bitte nicht Nein."

Rolf Tanner fühlt sich einerseits geehrt, andererseits aber auch voll unter Druck gesetzt. „Jetzt habe ich auch noch dieses Projekt am Bein", ahnt ihm Schlimmes. „Gibt es dafür wenigstens einen Extra-Bonus?", fragt er in Richtung

Kollegin. „Herr Tanner", bekommt er sogleich von Paulson zu hören, „sie wären der erste gute Ingenieur, den man mit Geld ködern kann. Stecken Sie etwa in einer finanziellen Notlage?" „Nein, nein", antwortet dieser spontan. „Dann verstehen wir uns ja", meint Paulson und reicht ihm die Hand: „Ich habe übrigens nichts anderes von ihnen erwartet. Willkommen im Team."

4. Anpfiff

Paulson startet unverzüglich nach Auftragserteilung mit seinem Team das neue Projekt. Mit großem Optimismus. Doch es passt nicht, überhaupt nichts. Was immer sie anpacken, sie stoßen auf Unverständnis bei den Vertriebsmenschen. Diese haben nach seinem forschen Auftritt bei der Präsentation etwas anderes erwartet. „Was soll dabei innovativ sein?", murren sie bald unverhohlen, „typisches Berater-Blabla. Die haben doch null Ahnung von unserem Geschäft."

Paulson kann bald nicht mehr hören, „dass es nun einmal Grenzen gäbe, dass es mit Key Accounts oder so was sowieso nicht gehe, dass unsere Kunden nie und nimmer an einer Kundenbefragung teilnehmen würden und so weiter." Die Liste der Einwände wird von Tag zu Tag länger. Leo, ein jüngerer Kollege von ihm, teilt seine Ansicht, dass es bald eng werden könnte. Zweifel an Paulsons Kompetenz kommen auf und werden von den Bedenkenträgern direkt in die Unternehmensleitung hineingetragen. „Leo", stellt Paulson klagend fest, „nichts tun und meckern ist eben sehr viel einfacher als konstruktiv mit anzupacken. Es ist merkwürdig. Bei unseren ersten Aufträgen nach dem Fall der Berliner Mauer war es genauso. Aber hier haben wir es nicht mit kadergeschulten Kommunisten zu tun, sondern mit Menschen, die Demokratie im Blut haben müssten. Doch wenn es um Veränderungen geht." „Jaja", bekräftigt ihn Leo, „zumindest hier gibt es keine Unterschiede zwischen Ost und West." Paulson blickt ihn ziemlich ratlos an und denkt: „Schön dass wir darüber geredet haben."

Es kommt, wie es kommen musste. Paulson wird kurzfristig zum Rapport beim Vorstandsvorsitzenden Dr. Herrmann bestellt. Freitag, siebzehn Uhr. „Tolle Zeit", mault er vor sich hin, „dann ist das Wochenende mal wieder gerettet."

„Was ist los in unserem Vertrieb? Wo stehen wir mit der Umsetzung?", lautet die wenig einladende Begrüßung des Firmenbosses. „Guten Tag Herr Dr. Herrmann ", antwortet Paulson mit ruhiger Stimme, „im Vertrieb rumort es gewaltig und ein Umsetzungskonzept gibt es noch nicht, jetzt noch nicht. Aber wir sind auf dem richtigen Weg. Im Moment befinden wir uns in der zweiten von vier Phasen nach dem Konzept von Bruce Tuckman. ‚Storming'. Dann kommt das ‚Norming'. Das ist gut so. Besser jetzt als später. Es läuft genau so, wie es laufen muss. Wir sind auf Kurs. Übrigens, die vierte Phase wird bald erreicht sein: ‚Performing'. Aber dafür müssen wir noch etwas tun."

„Ihre Zuversicht in Ehren", meint kurz angebunden Dr. Herrmann, „Sie müssen wissen, wir können im Moment wirklich keine Unruhe im Unternehmen gebrauchen." „Das sehe ich genauso", bekräftigt ihn Paulson, „wann informieren wir die Belegschaft über das gesamte Projekt. Nicht nur die Leute im Vertrieb. Auch die in der Produktion, der Instandhaltung. Alle, ohne Ausnahme. Auch die Pförtner. Oder soll der Vertrieb für immer ein Geheimnis bleiben?"

„Um Gottes willen, nur keine Betriebsversammlung", fällt ihm sofort Personalchef Dr. Weiss ins Wort. „Dann müssten wir ja auch den Betriebsrat informieren. Und das in einem Stadium, wo keiner weiß, was herauskommt. Ich habe da bisher nichts Positives gehört. Die Gerüchteküche ist mächtig am Brodeln. Unsere Fluktuation ist schon jetzt zu hoch. Wir können uns absolut keine weiteren Abgänge mehr leisten. Wahrscheinlich ist das ganze Ding viel zu früh gestartet worden. Solche Projekte brauchen doch viel mehr Vorbereitung. Falls sie überhaupt erforderlich sind. Es liegt eigentlich nie an den Strukturen, sondern höchstens an einzelnen Personen. Ich möchte ja nichts sagen, aber ich bin mir nicht sicher, ob es richtig war, eine Frau in das Management mit aufzunehmen. Zudem so eine attraktive. Die bringt doch nur die ganze Männerriege auf falsche Gedanken. Ihr wisst, ich hatte da von Anfang an meine Bedenken. Aber man hat ja nicht auf mich gehört."

Dr. Herrmann unterbricht seinen Personalchef mit der trockenen Bemerkung: „Herr Kollege, wir schätzen ihre Meinung, aber respektieren sie, dass wir entscheiden, wer ins Führungsteam berufen wird und wer nicht."

Danach kann Paulson fortfahren: „Danke, Herr Dr. Herrmann. Wo waren wir stehen geblieben? Ach ja, beim Thema Information. Also, informieren müssen wir ohnehin. Je früher wir klaren Wein einschenken, desto besser ist das für die Zusammenarbeit und damit für die Ergebnisse. Wie soll denn jeder Einzelne seinen Teil zum Erfolg beitragen, wenn er nicht weiß, wohin die Reise führt? Immerhin geht es hier auch um Arbeitsplätze. Nehmen wir doch den Betriebsrat jetzt mit ins Boot. Denn, das ist eine alte Weisheit, wer kräftig rudert, hat weniger Atem zum Gegensteuern."

„Herr Paulson", klinkt sich Dr. Herrmann nun mit einer etwas freundlicher klingenden Stimme ein, „das hört sich ja ganz gut an. Aber, wo stehen wir denn wirklich?"

In diesem Moment erhebt sich Karlsheim, geht einige Schritte auf seinen Vorstandskollegen zu, und sagt: „Gernot, lass uns das mal machen. Der Mann weiß, was er tut. Zugegeben, es klingt etwas verrückt. Aber, du willst doch auch, dass wir an Vertriebspower zulegen. Also, lass uns die Rakete zünden." Dr. Weiss schießt bei diesen Worten die Röte ins Gesicht: „Nur über meine Leiche", protestiert er, „nur über meine Leiche." Karlsheim lächelt mild zu ihm herüber, spitzt die Lippen und fragt: „Ist das ihr persönlicher Beitrag zur Kostenreduzierung, werter Kollege?"

Der Personalchef lässt unvermittelt seinen Kopf sinken, beginnt verlegen seine Nackenpartie zu massieren. Jeder im Raum spürt die Hochspannung.

Dr. Herrmann überbrückt die Hängepartie, überlegt kurz, schaut auf Karlsheim, erheb sich, geht auf Paulson zu und reicht ihm demonstrativ die Hand: „Wir sehen uns nachher,

Herr Paulson?" „Aber gerne", erwidert dieser, wohlwissend, dass die Kuh noch lange nicht vom Eis ist.

So hatte er sich nicht die erste Begegnung mit dem Vorstandsvorsitzenden vorgestellt. „Was soll's", denkt er, nicht ahnend, dass sich daraus eine langjährige Zusammenarbeit entwickeln sollte.

Statt Dr. Herrmann erscheint nach kurzer Zeit Karlsheim und strahlt über das ganze Gesicht: „Herr Paulson, ich danke Ihnen. Wenn es allein nach mir ginge, würde uns der nicht mehr lange zur Last fallen. Kann der nicht irgendwie elegant rasiert werden?" „Rasiert?", Paulson stellt sich unwissend, „was und wen meinen Sie damit?" „Ist schon gut, war nur ein Scherz von mir. Aber, ich werde die erforderlichen Schritte einleiten, damit das Projekt in Gang kommt", verspricht er verschmitzt lächelnd, „wer nicht für uns ist, ist gegen uns. Wir feiern hier doch keinen Kindergeburtstag, oder?" Paulson überlegt nicht lange und pflichtet ihm bei: „Nein, den feiern wir wirklich nicht." Kurz bevor er von Karlsheim verabschiedet wird, reicht ihm dieser noch eine Visitenkarte mit der Empfehlung, sich doch mal mit einem Gary Mayfield in Kapstadt zu treffen.

5. Vision

„Wo bleibt nur der Fahrer?" murmelt Paulson ungeduldig vor sich hin, „so langsam wird es knapp bis zum Airport." Kaum im Auto sitzend wird ihm klar, dass Thesen wie ,nachhaltiges Wachstum' oder ,Limits pushen' wirklich inhaltsleeres Geschwätz sind: „Das war bisher echt keine Glanzleistung, Paulson. Und nun? Was lernst du daraus?"

Hirnleere macht sich breit. Doch allmählich beginnen sich einzelne Gehirnwindungen zu bewegen. Es ist, als ob zunächst erst behäbig, dann immer flotter werdend, auf geheimnisvollen Bahnen Synapsen sich miteinander verknüpfen. Und plötzlich geht in seinem Kopf die Post ab. Wie in einem Flow fabuliert er: „Die wollen raus aus dem unattraktiven Nobody-Dasein. Erst den deutschsprachigen Raum und dann ganz Europa aufrollen. Die Strategie? Konkurrenzlose, neue Produkte, Kundennähe und Zusatznutzen sind die Hebel. Das rechtfertigt gute Preise. Null Abstriche in der Produktqualität. Exzellente Verfügbarkeit. Transparente Lieferkette. Jetzt fehlt nur noch die Initialzündung."

Genau in diesem Moment fällt ihm das Beispiel der Hummel ein, die bekannter weise bei Anwendung der gängigen physikalischen Gesetze nicht fliegen kann: „Und was macht dieses intelligente Tier? Es kennt keine Gesetze und fliegt. Und es wird so lange noch fliegen, wie es diese verdammten Grenzen nicht kennt. Veränderung beginnt immer im Kopf. Im eigenen Kopf. Also müssen wir erst uns selbst auf den richtigen Weg bringen, und dann in einem zweiten Schritt neue Synapsen in den Köpfen der Vertriebsmenschen kreieren. Ich muss erst fliegen lernen, ich. Ich muss mich in die Lüfte dieses Vertriebes katapultieren. Ich muss an dieses Wachstum glauben, eine Million Tonnen. Jawohl. Eine Million Tonnen. Das ist heute zwar kaum vorstellbar. Aber das kann jeder verstehen. Der Packer in der Ausrüstung, der Helfer in der Nachtschicht. Sogar der Betriebsrat wird mitziehen, da damit die bestehenden Arbeitsplätze nicht nur gesichert, sondern auch einige neue geschaffen werden. Eine Million Tonnen, jawohl. Im Klartext: Wir tun einfach so, als ob das zu schaffen wäre. Weiß der Teufel wie. Wozu haben wir denn unseren Verstand und unsere Vorstellungskraft Jetzt können wir beweisen, dass wir an die Spitze gehören. "

Paulson wird immer enthusiastischer. „Diese Begeisterung muss jeden infizieren. Das ist der Virus, der alle zum gewünschten Ziel trägt. Eine Million Tonnen tagtäglich spüren, hören und fühlen. Das ist zwar heute noch total verrückt, wird aber verstanden. Und wenn jeder sich dafür einsetzt, seine heutigen Grenzen überwindet, an eine erfolgreiche Zukunft glaubt, dann wird diese Million auch Realität werden. Der Turm zu Babel oder die Pyramiden in Gizeh sind auch nicht an einem Tag entstanden. Aber die Idee war vom ersten Tag an da. Und die wilde Entschlossenheit, diese Idee zu realisieren."

Genau diese hat Paulson nun in Besitz genommen. Er fühlt sich urplötzlich stark, unbezwingbar. Ein wahnsinniges Gefühl, als ob ihm Flügel wachsen würden. „Gibt es etwas Schöneres?", sinniert er, „und dabei ist es nur eine total verrückte Idee, diese eine Million."

6. Kapstadt

Die Maschine landet nach einigen Warteschleifen mit fast neunzigminütiger Verspätung in Kapstadt. Paulsons Bauchgefühl signalisiert nichts Gutes. Seine persönliche Schleife ist seit gestern Nachmittag eine Mail Birgit Bergers: „Was oder wen meint die mit ‚gay'? Ein Tippfehler? Sollte es richtigerweise ‚Gary' heißen? Kennt die den? Die Welt ist klein. Muss ich hier mit allem rechnen? Überhaupt, was treibt diese Frau für ein Spiel? Der Tanner, der Karlsheim, jetzt fehlt nur noch Weiss", schwirrt ihm durch den Kopf.

Er checkt kurz die endlos erscheinenden Warteschlangen vor der Personenkontrolle, kann die Penetranz der südafrikanischen Zöllner, deren aufgesetzt wirkende Pflichtbeflissenheit, Langatmigkeit, kaum mehr ertragen. Zudem schmerzt wieder einmal sein Rücken, die Zunge fühlt sich irgendwie pelzig an, und der Schädel brummt ohne Ende. „Wahrscheinlich war es ein Rotwein oder Cognac zu viel auf dem Flug hierher. Und dann die Schmerz- und Schlaftabletten", versucht er sich zu beruhigen. „Das war nichts. Aber wer über die Stränge schlagen kann, muss auch die Konsequenzen in Kauf nehmen, basta. Hör auf mit dem Jammern Stem. In wenigen Stunden bist du wieder auf dem Weg nach Hause. Also, Kopf hoch und durch."

Paulson führt in letzter Zeit häufiger solche Selbstgespräche. Mal geht es ihm danach besser, mal ist genau das Gegenteil der Fall. Dann wühlt er tief in seinem Sumpf, dunkle Gedanken ziehen ihn immer tiefer nach unten. Man könnte es auch als ‚Pitbullstatus' bezeichnen, verbissen, unfähig zum befreienden Loslassen.

Die Warteschlangen bewegen sich kaum. Nach einem kurzen Blick auf die Uhr stellt er fest: „Der Vormittag ist gelaufen." Paulson versucht mit dem linken Bein seinen Rollkoffer ein paar Zentimeter weiter nach vorne zu schubsen, als ein stechender Schmerz ihn zusammenzucken lässt: „Nein", bettelt er, „das hält der stärkste Ochse ja nicht aus. Warum habe ich denn die letzten Termine in der Krankengymnastik verstreichen lassen?" Er fügt sich widerwillig seinem Schicksal, tippelt von einem Bein auf das andere und versucht, den Rücken zu entlasten. „Was ist denn heute nur los?", will er wissen, „jetzt geht ja gar nichts mehr." In diesem Moment drängen sich einige Securitymenschen an ihm vorbei, gefolgt von mehreren Uniformierten. Ihm schießt in den Kopf: „Warum haben die ihre Knarren im Anschlag? Sind die hier auf Gangsterjagd? Oder suchen die entlaufene Säbelzahntiger, Diamanten, Elfenbein?"

Paulson will mehr erfahren, wissen, was da vorne abgeht. Keine Chance. Die automatischen Durchgangstüren sind komplett abgeblendet und lassen keinen Blick zu. Er kann sich noch so lang machen - nur Milchglas.

Langsam werden auch andere Passagiere um ihn herum ungeduldig, beginnen mit den Hufen zu scharren. Merkwürdig klingende Wortungetüme rauschen an ihm vorbei. „Sind die alle aus dem Busch entlaufen?", kommt ihm spontan in den Sinn. „Nur keine Panik aufkommen lassen", trichtet er sich immer und immer wieder ein. Das Gedränge wird zunehmend intensiver, fast unerträglich. Es ist nur noch eine Frage der Zeit, bis er entweder explodiert oder – kollabiert. Der Countdown läuft.

7. Vergangenheit lässt grüßen

Paulson spürt, wie ein mulmiges Gefühl sich in seinem Körper breitmacht, es heiß wird, er plötzlich Angst bekommt. Panische Angst. Dann ein Schuss – kurz darauf ein zweiter. Er zuckt zusammen, bekommt kaum Luft zum Atmen. Um ihn herum scheint alles zu erstarren. Eine undefinierbare Mischung aus Ungewissheit, Unsicherheit, Explosivität, aber auch Ratlosigkeit macht sich breit.

Eine Stimme plärrt durch die Halle. Obwohl er sich alle Mühe gibt, kann er kaum etwas verstehen. Das liegt nicht an seinen Englisch-Kenntnissen. Die hatten sich in den letzten Monaten enorm verbessert. Level 10 von 12 konstatierte der letzte Online-Test. Also fast schon ‚native Speaker'. Bei diesem Gedanken erscheint plötzlich eine grinsende Fratze vor seinen Augen. Mit Knorpelnase. Ihm schaudert: „Das ist doch der - warum fällt mir der Name nicht ein - der dir damals die letzte Hoffnung auf Versetzung geraubt hat, mit einem ‚ungenügend' im so wichtigen Abschlusszeugnis. Nicht ‚mangelhaft', nein, ‚ungenügend'. Hoffnungsloser Fall im Klartext." Paulson spürt wie ihm Tränen in die Augen schießen. Tränen des Zorns, der Verachtung, aber auch tiefer Verletzung.

Nein, es sind nicht seine Englischkenntnisse. Es ist dieses immerwährend hohe Fiepen in seinen Ohren, dieser unbezwingbar erscheinende Tinnitus, der ihm extrem zu schaffen macht. „... miserson ... inform ... deskin ...", meint er gehört zu haben. Ohne zu zögern fährt er seine Ellbogen aus, drängelt samt Rollkoffer durch die Menschenmenge in Richtung Passkontrolle, bis plötzlich links und rechts von ihm zwei massive Kleiderschränke auftauchen: „Stop!"

Er spürt einen starken Druck an beiden Oberarmen. „MIS-TER, please." Mehr bedarf es nicht. Das Gute an der Sache ist: Er kommt nun zügig durch die Kontrollen. Das weniger Gute ist: Er wird in inniger Begleitung zweier Sheriffs abge-führt. Wohin? Paulson weiß es nicht. Sein Kopf ist leer, der Tinnitus verschwunden.

8. Knast statt Safari

Er hört hinter sich eine Tür ins Schloss fallen. Schritte entfernen sich. Stille kehrt ein. Allerdings nicht in seinem Inneren. Er schaut sich um: Keine Bilder, keine Fenster, keine Pflanzen, kein Wasser. Nur eine Kamera über der Tür. Ah ja, ein Mikrofon auf dem kleinen Holztisch. Also doch – Technik gibt es zumindest.

Dann blendet ihn gleißendes Licht. Er schließt für einen kurzen Moment die Augen. Die Luft ist stickig zum Schneiden. Die Tür fliegt auf, mehrere Polizisten drängen herein. Er erhebt sich von seinem Hocker und stammelt: „Hello. My name is". „Mister Paulson", hört er, „welcome in Capetown. Please listen."
Er kann es kaum glauben. Dann wird ihm in gut verständlichem Englisch erläutert, dass vor knapp neunzig Minuten eine noch nicht identifizierte Person in unmittelbarer Nähe der Schließfächer erschossen wurde. Das Einzige, was diese bei sich trug, war eine Visitenkarte. Seine Karte, mit handschriftlicher Ergänzung seiner Mobilnummer. Der Sheriff lächelt und legt eine Karte auf den Tisch. Es gibt keinerlei Zweifel. Die Karte ist echt. Es ist seine Visitenkarte.

Anhand der Passagierliste war Paulson ausfindig gemacht worden. „Das ist doch alles nicht möglich. Ich bin heute zum ersten Mal hier. Wie kommt meine Karte hierher? Die kann mir doch nicht vorausgeeilt sein?", will er wissen. Das ist jedoch nicht das eigentliche Anliegen der Sheriffs. Vielmehr ist er ausgerufen worden, um das Opfer zu identifizieren. „Please come."
Paulson ist baff und folgt wortlos den Polizisten. Sein Kopf ist leer. Ein Zustand, der selten bei ihm vorkommt. Normalerweise wäre er darüber froh, denn er hat sich öfter schon gewünscht abzuschalten, einfach abzuschalten. Wenn er nur den Schalter gefunden hätte. Dann wäre endlich Ruhe

eingekehrt, keine Kunden, keine Projekte, keine Termine, keine Mails, keine Meetings, keine Erziehungsdiskussionen, kein Beziehungsknatsch.

Für einen kurzen Moment hat er vergessen, wo er ist und was passiert war. Dann erblickt er einen leblosen Körper am Boden, bis zur Brust bedeckt mit einer Folie. Er zögert, wird mit sanftem Druck nach vorne geschoben, seine Gesichtszüge erstarren: Ein blutüberströmtes Gesicht. Er traut seinen Augen nicht, bückt sich weiter nach vorne. „Oh Gott", stammelt er. Zweifel überkommen ihn: „Bist du verrückt geworden? Halluzinationen? Oder? Das ist doch der Weiss? Der Personalchef? Das ist nicht möglich."

Nach quälenden Sekunden der Ungewissheit gibt es keine Zweifel mehr. „Was macht der denn hier? Der sprach doch selbst davon, dass es nur über seine Leiche ginge. Und jetzt liegt er tot da. Welche Ironie des Schicksals." Paulson ist geschockt. „So schnell kann es gehen", dämmert ihm, „dabei sah der doch so gesund, so vital immer aus. Und dann dreht irgendein Spinner durch. Oder wollte man ihn los haben? Rasieren? Blödsinn", befindet er sogleich, „das ist einfach nicht möglich. Warum auch? Der kann auch ganz zufällig hier gewesen. Vielleicht zu einer Fotosafari." In diesem Moment sind Tinnitus, Rückenprobleme und Brummschädel ausgeblendet. „Immerhin kann ich nicht zum möglichen Täterkreis gehören", versucht er sich zu beruhigen.

Nachdem das Protokoll aufgenommen ist, wird Paulson gebeten, noch ein bis zwei Tage in der Stadt zu bleiben und der Polizei zur Verfügung zu stehen. „Warum eigentlich nicht", befindet er, „den Tafelberg bekommt man ja auch nicht jeden Tag zum Frühstück angeboten."

9. Das Verhör

Am nächsten Morgen findet er eine Mitteilung unter seiner Hoteltüre: „Sie werden um halb Zwölf in der Halle abgeholt." Von wem kann oder will ihm allerdings niemand sagen. „Gary Mayfield? Die Polizei? Der oder die Mörder?"

Paulson ist wie immer etwas früher in der Halle. Nach langen Minuten vergeblichen Wartens hört er hinter sich eine unbekannte Stimme: „Herr Paulson?" Er will seinen Kopf nach rechts drehen, als wieder einmal ein stechender Schmerz durch seinen Körper rast. „Nein, nicht schon wieder", entfährt es ihm. „Was ist los?", fragt ein überrascht dreinschauender Polizist, der sich als Chief Officer Vandergaard zu erkennen gibt. „Schön, Sie kennen zu lernen." Paulson wundert sich über die akzentfreie Begrüßung und erfährt, dass dieser holländische Eltern hat, die in der Nähe von Venlo leben. Er hat von Venlo zwar schon einmal gehört, weiß aber nicht einmal, ob dies auf holländischer oder auf deutscher Seite liegt. Das spielt allerdings auch keine Rolle. Wichtig ist nur, dass Deutsch gesprochen wird. Er ist froh, endlich mal wieder in seiner Muttersprache reden zu können.

Locker plaudernd folgt er dem Officer zu dessen Wagen vor dem Hotel. Dabei übersieht er ein Motorradgespann mit Beiwagen, das unauffällig, halb verdeckt auf der gegenüberliegenden Straßenseite parkt.

Die Vernehmung im Büro des Officers beginnt als netter Plausch. Es geht zunächst darum, in welcher Beziehung er zu dem Ermordeten stand. Was weiß Paulson schon über Weiss? Herzlich wenig. Man hatte zwei, dreimal miteinander gesprochen, ein paar Mails ausgetauscht. Und nach dessen Auftritt in der Vorstandssitzung hatte er ohnehin keine besondere Sympathie für ihn. Eben ein typischer Personaler, vorsichtig, taktierend, konservativ, ein administrativ veranlagter Bewahrer.

Interessant wird es, als er zu Frau Dr. Berger befragt wird. Ohne zu zögern, bejaht er die Frage, ob er sie kennen würdest. „War das nun klug", schießt es ihm durch den Kopf, „ich darf auf keinen Fall irgendwelche Interna meiner Kunden ausplaudern. Das sollte ich auf jeden Fall verhindern." Zu spät.

Er liegt mit seiner Vermutung goldrichtig. Der Officer hakt beharrlich nach, lässt nicht locker. Es bleibt ihm zuletzt nichts anderes übrig, als zu kapitulieren: „Sir, wir sprechen mit unseren Kunden, nicht über sie. Ob Mord oder Unfall oder was auch immer. Ich stehe bei meinen Mandanten im Wort. Ich lebe von ihnen. Sie bezahlen mein Gehalt. Sie ernähren meine Familie, meine Kinder. Sorry, Mister."

Paulson fühlt sich mächtig unter Druck gesetzt. „Was tun? Als ihm dann noch das Schicksal von Nelson Mandela in den Sinn kommt, beginnt sein Hirn auf Hochtouren zu arbeiten. „Mister", sagt er mit nachdenklich klingender Stimme, „vielleicht kann ich Ihnen anders weiterhelfen. Sie haben bestimmt Internet hier. Dann lassen sie uns doch mal googlen, nach ‚Birgit Berger, Dr. Birgit Berger'." „Ach, Sie kennen auch ihren Vornamen", entgegnet der Officer mit süffisantem Lächeln, „interessant." Das sieht Paulson wiederum anders. Über eines kann er sich absolut sicher sein: Dieser Chief Officer ist kein Anfänger.

Tatsächlich finden sie im Internet viele Informationen über Frau Dr. Berger, auch Bilder mit ihr auf Betriebsfeiern und anderen Festivitäten. Paulson erkennt schnell, dass auf fast allen Fotos entweder Tanner oder Karlsheim in ihrer Nähe sind. Auf diesbezügliche Rückfragen stellt Paulson sich unwissend mit der Begründung, dass er erst seit kurzem für diesen Kunden arbeite und dort nur wenige Personen persönlich kennen würde. „Wir entwickeln nur ein neues Vertriebskonzept. Das kann man am Schreibtisch im eigenen Büro am besten. Reine Kopfarbeit. Nicht mehr. Persönlicher Kontakt zu Betriebsangehörigen ist da nicht erforderlich. Das würde nur stören, da die Leute nur dumme Fragen stellen würden. Er, der Chief Officer, kenne dies ja sicher."

„No, Sir", bemerkt dieser staubtrocken, „das ist neu für mich. Wir reden hier in meinem Land mit den Menschen. Übrigens, es gibt keine dumme Fragen, nur dumme Antworten." Paulson stutzt: Eine klare Ansage, die keiner weiteren Erläuterung bedarf.

Irgendwann hat der Officer glücklicherweise keine rechte Lust mehr und begnügt sich mit seinem derzeitigen Kenntnisstand. Zuletzt überrascht er Paulson mit der Frage: „Sir, was halten Sie davon, wenn wir beide in Zukunft zusammenarbeiten?" Paulson denkt im ersten Moment, er hätte nicht richtig verstanden. Aber Vandergaard meint es wirklich ernst. „Natürlich gegen eine entsprechende Aufwandsentschädigung", ergänzt er, „Sie haben doch sicher eine geeignete Bankverbindung, off-shore, sie verstehen?" „Off-shore?", Paulson kratzt sich verlegen am Kopf, denkt kurz nach. Dann lächelt er den Officer an und erwidert: „Danke Sir. Ihr Angebot ehrt mich. Ich werde mir die Sache durch den Kopf gehen lassen. Aber prinzipiell? Jeder muss schauen, wo er bleibt." Vandergaard nickt und ergänzt: „Ich hatte von Ihnen keine schnelle Antwort erwartet. Herr Paulson, Sie haben mich nicht enttäuscht. Ganz im Gegenteil."

10. Albträume

Auf dem Weg zurück zum Hotel fällt Paulson ein, dass sein Reisepass weiterhin in Polizeigewahrsam ist. „Diese Ganoven", flucht er, „und du Gemütsmensch hast geglaubt, bald zurückfliegen zu können. Träumer."

In diesem Moment sieht er im Augenwinkel ein Motorrad voll beschleunigen. Er zweifelt: „Das gelbe Zeichen hinten auf dem Helm? Wie eine abgesägte Pyramide." Paulson kombiniert: „Ich habe doch neulich was über diese Geheimbünde gelesen, Bilderberger, Freimaurer, Opus Dei, und wie die alle heißen. Gerüchten zufolge kennen die wenig Pardon mit ihren Feinden. Wer zu viel weiß oder im Weg steht – Endstation. Verwenden die nicht auch diese geheimen Erkennungszeichen? Als Symbol eine Pyramide, genau wie auf der Dollarnote?"

Ist das schon wieder so ein Zufall? Er versteht langsam gar nichts mehr. Paulson war noch nie ein Freund von Kriminalromanen, Verschwörungstheorien oder Weltuntergangsprophezeiungen. Es scheint ihm allerdings, dass hier vieles Merkwürdiges passiert. „Geht mal wieder deine Kreativität mit dir durch? Oder sind es erste Anzeichen von Wahnvorstellungen? Bist du auf dem besten Weg verrückt zu werden?" Es ist nicht das erste Mal, dass ihn derartige Zweifel überkommen.

Paulson erinnert sich an die seitenlangen Beipackzettel seiner Happy Pills ein. So nennt er etwas despektierlich die Serotoninwiederaufnahme-Hemmer. „Ich muss von diesem Zeug wegkommen", stellt er zum wiederholten Mal trotzig fest, „es muss doch auch anders gehen. Nur wie?"

Nach langen Stunden des Wartens sitzt er endlich wieder im Flieger via Heimat, mit Reisepass, PC und Rollkoffer. Er ist einerseits erleichtert, andererseits sauer, dass Gary Mayfield ihn versetzt hat. In welcher Beziehung steht Frau Berger zu diesem? Wer arbeitet für wen? Vieles kann Sinn machen. Sie mit ihren ehrgeizigen Karriereambitionen, er mit seinen Expansionsplänen nach Europa. Und was wollte Dr. Weiss hier? War er geschickt worden? Was war sein konkreter Auftrag? Fragen über Fragen. Antworten? Fehlanzeige. Zumindest während dieses Fluges.

Mitten in der Nacht erlischt die komplette Bordbeleuchtung „Was ist das für ein komisches Geräusch? Die Landeklappen?" Blödsinn, kommt ihm in den Sinn, wir sind ja noch nicht mal zwei Stunden hier oben. Er hat dieses Geräusch schon einmal gehört. Es war auf einem Flug nach Lugano, damals zu einem Kongress der Versicherungswirtschaft. Die Maschine war beim Überqueren der Alpen in ein fürchterliches Gewitter geraten und einige Male gewaltig abgesackt. Damals war alles noch gut ausgegangen.

Aber heute, auch dieser Trip scheint wirklich unter keinem guten Stern zu stehen. Es ist immer noch dunkel im Flieger als eine laute Stimme plötzlich wissen will, was los ist: „Wollen die Strom sparen, oder was?", brüllt ein Passagier von weiter hinten. In diesem Moment scheint die Maschine in der Luft stehen zu bleiben. Tendenz in Richtung unten. Paulson spürt, wie quasi zum Ausgleich sein Mageninhalt sich ruckartig nach oben bewegt. Zum Glück hat er seit mehreren Stunden nichts mehr zu sich genommen. Dann geht urplötzlich die Kabinenbeleuchtung an. Der Kapitän meldet sich: „Guten Abend, liebe Gäste, wir sind wieder auf Kurs. Ich habe soeben versucht, einem kleinen Unwetter aus dem Weg zu gehen. Dabei sind wir über ein Luftloch gestolpert. Sie sehen, meine Damen und Herren, auch hier oben gibt es Sanierungsbedarf. Das Bundesbauministerium wird bei nächster Gelegenheit von uns darüber informiert."

„Der hat vielleicht Humor", entweicht ihm. Er blickt zu seiner Sitznachbarin, die das allerdings überhaupt nicht lustig findet: „Idiot!" Ihr Kommentar ist eindeutig, lässt allerdings offen, wen sie damit gemeint hat. Dann kommt die Durchsage: „Wir servieren Ihnen gleich Ihr Abendessen. Guten Flug und eine ruhige Nacht."

Bewaffnet mit einer Schlafbrille kreisen Paulsons Gedanken: „Was heißt hier schon ruhige Nacht? Weiss, Mayfield, Berger? Wenn ich keine Antwort finde, kann ich auch nicht richtig schlafen. Und dann der Rücken, der ohne Ende schmerzt. In was bin ich da nur hineingeraten? Welches Spiel treibt wer, mit wem?" Er spürt, wie sich seine Nackenmuskulatur immer mehr verspannt. Der versteifte Mann geht ihm durch den Kopf, ohne zu ahnen, was dies letztendlich bedeuten könnte.

Nach dem Essen mit dem gewohnten Bordeaux und mehreren Stillnox stiert er erst vor sich hin, schläft bald darauf ein. Paulson hatte schon früher nach dem Genuss von Alkohol intensive Träume gehabt. Aber heute?

Sanfte Töne lassen ihn aus dem Bett gleiten. Wassertropfen huschen perlend über seine Haut, verschwinden im Nebeldunst. Um ihn herum fröhliche Zeitgenossen, farbenfroh gekleidet, ein Multi-Kulti-Sprech aus Dänisch, Englisch, Französisch, Schwäbisch. Alles läuft wie in Trance ab. Vorbei an einem futuristisch aussehenden Palast, unter einem strahlend blauen Himmel. Vier Wesen in wallenden weißen Gewändern schweben daher. Eine Horde fröhlicher Menschen jubelt, feiert, singt, lacht. Laute Rockmusik ertönt, die plötzlich von einem gewaltigen Chor übertönt wird: Neun, acht, sieben, sechs, fünf, vier, drei, zwei, eins, peng. Er sieht sich erschrocken um. Alles Verrückte?"

Schweißgebadet erwacht Paulson in seinem Liegesessel. „Was war das?", will er nur zu gerne wissen, „Quatsch. Mit dem Rücken?" Die Realität hat ihn schnell wieder eingeholt. Er schüttelt seinen Kopf: „Daran sind bestimmt nur diese verdammten Tabletten schuld. Ich käme doch nie auf die Idee, meinem Körper solche Strapazen zuzumuten. Die müssen wirklich bekloppt sein, stundenlang auf hartem Straßenbelag zu rennen. Und das ohne Aussicht auf Preisgeld oder Honorar."

11. Angezählt

Auch heute am Sonntag sitzt Paulson wie so oft an seinem Schreibtisch im Büro. Urplötzlich macht sich sein Kopf selbständig: „Das ist doch nicht möglich. Die betriebswirtschaftlichen Abrechnungen von Dezember und Januar können doch nicht einfach so mir nichts dir nichts verschwinden. Ich habe die doch beide eigenhändig abgelegt. Wo hatte ich denn da wieder meinen Kopf?", fragt er sich und holt tief Luft. „Kein Wunder bei diesem Konsum an Schmerzmitteln", versucht er sich zu beruhigen, „die können ja jeden verrückt machen. Ich ruf morgen den Steuerberater an. Der müsste auf jeden Fall noch ein Exemplar haben. Und wenn nicht, dann kann der das sicher bei der DATEV besorgen." Das scheint die Lösung zu sein, zumindest im Moment.

Kurz danach macht er sich auf den Weg nach Hause zur Familie und freut sich auf das gemeinsame Abendessen.

„Papa, Papa", die Kinder kommen ihm entgegengerannt und freuen sich wie immer. „Hast du heute Zeit zum Spielen?", fragt der Älteste. „Klar", antwortet er, „erst essen, dann spielen, dann schlafen. Eins nach dem anderen." „Warum bist du denn so ruhig heute?", will seine Frau Thekla wissen. „Ach", antwortet er, „mir geht da eine Sache aus dem Büro nicht aus dem Kopf." „Was denn?", hakt sie nach. „Ach, da fehlen ein paar Unterlagen in der Buchhaltung. Weiß der Teufel, wo die sind", knurrt er. „Ah so", meint sie, „die werden sich sicher wieder einfinden." Auch beim Abendessen ist er mit seinem Kopf woanders: „Wer könnte Interesse an meinen Zahlen haben? Wer? Wem könnten sie nutzen?"

Diese Fragen lassen ihn den ganzen Abend nicht mehr los. Plötzlich steht seine Frau vor ihm und sagt: „Kann später werden. Hab mich mit Anny verabredet. Muss mal wieder quatschen." Paulson ist total überrascht: „Was, wie?" Darauf bekommt er zu hören: „Ich hab dir doch heute Nachmittag eine SMS geschickt. Blödmann. Kannst du nicht mal mehr richtig lesen? Tschüss", und weg ist sie.

„Toll", er schüttelt den Kopf, „so stellt man sich einen Abend im Kreise der Familie vor. Und was war da am Schluss? Blödmann?" Auch an eine SMS von ihr kann er sich beim besten Willen nicht erinnern.

„Papa, kommst du jetzt endlich?", hört er aus dem Kinderzimmer rufen. „Jaah", und macht sich auf den Weg zur Holztreppe, die nach oben zu den Kinderzimmern führt. Jetzt ist spielen angesagt.

Irgendwann schaut er auf die Uhr. „Oh, schon viertel vor zehn. Wie schnell doch die Zeit vergeht", brummelt er vor sich hin, „höchste Zeit, dass die Rabauken zum Schlafen kommen." Er streckt sich mehrmals in die Länge und muss feststellen, dass sein Rücken einfach keine Ruhe gibt: „Ich bekomme diesen Mist nicht mehr unter Kontrolle. Kein Wunder, wenn man jegliche Disziplin, regelmäßig Übungen zur Stärkung der Bauch- und Rückenmuskulatur zu machen, missen lässt." Einfach ausgedrückt: Wenn es nicht allzu sehr da hinten schmerzt, sind ihm andere Dinge wichtiger. Nicht wenige Rezepte seiner Ärzte landeten so nach kurzer Zeit achtlos in seiner Eingangspost unter „Sonstiges". Dieses Fach pflegt er immer dann ersatzlos zu entsorgen, wenn es bis zum Rand gefüllt ist. Das ist seine Art von Selbstorganisation. Und manchmal ist Paulson richtig stolz auf seine pragmatische Ader zur Lösung von Problemen. Zumindest er sieht es so.

Schwerfällig geht Paulson die Treppe hinunter. Er verweilt gedankenverloren an seinem Schreibtisch, ein wunderschönes Stück aus dem Antiquitätenladen in der Taunusstraße, schaut auf sein Lieblingsbild. „Das waren Zeiten, damals auf Sylt", träumt er vor sich hin, „da passte die Badehose noch. Und heute?" Er blickt an sich herab und zieht automatisch seinen Bauch ein, der dadurch allerdings auch nicht weniger wird. Schweigend schaut er durch die große, gläserne Schiebetür in den dezent beleuchteten Garten mit der geschwungenen Steintreppe aus Basalt, die zum oberen Teil des Grundstückes führt. Dort hatte er vor Jahren ein kleines Blockhaus zimmern lassen, urgemütlich eingerichtet mit einer gedrechselten Eckbank und einem kleinen Kamin. Paulson liebt offene Kamine. Wenn die Flammen lodern, das Brenngut knistert, dann kann er alles um sich herum vergessen. Dann braucht er keinen SPA-Bereich, keine Hot Stone Massagen, keine Erlebnisduschen. Seine Frau sieht dies etwas anders. Sie will nicht nur zu Hause herumsitzen, sie will raus, am liebsten dreimal die Woche die Wilhelmstrasse rauf und runter Shoppen. Paulson ist dies nicht entgangen, sieht es aber als ganz normal an, wenn Ehepartner unterschiedliche Interessen haben. Warum seine Frau nicht auch?

„Piepst da nicht ein Handy?", fragt er sich und versucht, den Standort zu orten. Er lauscht und macht sich hölzernen Schrittes auf den Weg Richtung Küche. Tatsächlich. Es kommt von der Fensterbank. Er drückt hastig den grünen Knopf: „Hallo?" „Hier ist Anny. Ist Tekla noch wach?" „Äh was?", entweicht ihm, „die ist doch bei dir." Es scheint, als ob Anny das Gerät aus den Fingern geglitten wäre. „Anny?", fragt er total irritiert. Sendepause am anderen Ende der Leitung.

Paulson steht da wie ein begossener Pudel. „Was soll das?", überkommt ihn, „verstehe ich jetzt überhaupt nichts mehr? Warum sagt die mir, sie treffe sich mit Anny, die Stunden später hier anruft und nach ihr fragt. Da stimmt doch was nicht. Und überhaupt, in letzter Zeit ist sie sehr oft mit Anny weggegangen. Hat sie mich vielleicht angelogen? Aber warum? Sie hat doch alle Freiheiten der Welt. Ich bin so häufig unterwegs. Da kann sie tun und lassen, was sie will. Ich habe wirklich keine Ahnung, was die Aktion heute Abend soll. Nicht die geringste Ahnung. Und dann noch ‚Blödmann'?"

Plötzlich fühlt er sich wie ein angeknockter Boxer: „Ich habe ihr doch immer voll vertraut. Und nun so etwas. Vielleicht gibt es ja irgendeine plausible Erklärung für das Ganze?"

Irgendwann schreckt Paulson auf: „War das nicht eine Tür? Die vom Hintereingang?" Er greift instinktiv nach dem massiven, gusseisernen Schürhaken direkt am Kamin. „Warum liegt eigentlich eine Weinflasche auf dem Boden?" Es ist zu viel, was ihm in diesem Moment durch den Kopf geht. Vorsichtig schleicht er in Richtung Hintereingang. Er glaubt aus der Dunkelheit kommend eine Gestalt mit Kopfbedeckung zu erkennen. Eine Mumie?

Ähnliche Szenarien hatte er in den letzten Monaten einige Mal für durchgespielt. Paulson hebt den schweren Eisenhaken an, sein Atem stockt: „Warum schläfst du noch nicht?", blafft ihn eine bekannt klingende Stimme an, „was ist denn hier los?" „Das will ich von dir wissen", raunzt er schwer schnaubend zurück. „Hä, was soll der Totschläger da? Ich war mit Anny weg, das habe ich dir doch gesagt", verteidigt sich das vor ihm stehende Kopftuchgespenst. Und setzt dann noch einen drauf: „Du spinnst doch total in letzter Zeit. Bist wohl reif für die Klapse. Lass mich in Ruhe. Ich geh jetzt schlafen."

Paulson steht allein in der Dunkelheit, findet keine Worte mehr. Das war heftig. So hat er seine Frau noch nie erlebt. Es hatte in letzter Zeit zwar ab und zu Auseinandersetzungen gegeben. Aber das heute? „Klapse? Spinnen? Ich?"

12. Zweifel über Zweifel

An Schlafen ist in dieser Nacht nicht zu denken. „Warum fällt mir gerade jetzt dieses Seminar ein", fragt sich Paulson, „wie war noch mal der Titel? Forever Young? Wäre das nicht faszinierend? Immer fit, vital, mit voller Energie." Er ist noch immer beeindruckt von dem Referenten, der ohne Manuskript acht Stunden lang knapp tausend Teilnehmer seinen Erfahrungsschatz offerierte, sich dabei nicht ein einziges Mal versprach, keinen Hänger hatte. Unglaublich. Tief versunken in ein Selbstgespräch stellt er fest: „Der hat die ewige Energie gepachtet. Aber, kann das mit richtigen Dingen zugehen? Ist der gedopt? Anders geht das doch nicht. Das wäre sonst übermenschlich." Paulson schwankt zwischen grenzenloser Bewunderung und ungläubiger Rationalisierung andererseits.

Immer wenn er an diesen Wunderknaben denkt, öffnet sich für ihn so eine Art Jungbrunnen der Hoffnung. Dass der so ganz nebenbei noch den Triathlon auf Hawaii in seiner Altersklasse gewonnen hatte, rundet sein Bild ab: „Ein verrückter Hund. Ein Extremist. Aber, irgendwann muss der aber auch mal sterben", beruhigt er sich, „wahrscheinlich nicht wie ich im Bett, eher im Wasser oder beim Radeln in den Bergen."

„Erst viertausend Meter quasi zum Aufwärmen kraulen, dann einhundertundachtzig Kilometer Rad Fahren, so von Wiesbaden nach Köln kurz mal, und zum Schluss noch ein wenig laufen, es sind ja nur gute zweiundvierzig Kilometer. Und das in weniger als zehn Stunden. Man hat es ja nicht eilig. Das ist doch absoluter Wahnsinn. Und das in diesem Alter, auf Hawai, bei dieser Affenhitze." Das ist zu viel für ihn. „ Und der soll auch noch älter sein als ich?" Wahnsinn.

Paulson starrt auf seinen Monitor. Als er gegen zehn Uhr bei seinem neuen Pharmakunden anruft, um über den Status seines Angebotes zu sprechen, wundert er sich über eine resolut wirkende Vorzimmerdame, die ihm ziemlich unterkühlt mitteilt, dass seine Firma aus dem Rennen wäre, sie hätte dies doch bereits per Fax mitgeteilt. Und ihr Chef sei heute und überhaupt die ganze Woche nicht zu sprechen. Das klingt alles sehr merkwürdig. Der Kunde hatte ihn doch kürzlich persönlich angesprochen, die Effektivität seines Vertriebes unter die Lupe zu nehmen. Irgendwas kann da nicht stimmen. Seine Assistentin Maria hatte Recht gehabt. Es war das dritte oder gar vierte Angebot in kürzester Zeit, das nicht nur abgelehnt wurde, sondern auch noch für Missstimmung sorgte. Paulson hat für das Argument ,völlig überzogene Honorarvorstellungen' überhaupt keine Erklärung. Er ist im Moment auch zu müde und abgespannt, um einen klaren Gedanken fassen zu können.

„Maria, komm bitte. Sag mal, bin ich alt geworden? Habe ich mein Gefühl für den Markt und die Kunden verloren? Sei bitte ehrlich zu mir. Wenigstens du." Immer wenn Maria verlegen ist, ändert sich ihre Gesichtsfarbe von blassrosa auf glänzendrot. Er hat den Eindruck, dass ihr Gesicht jetzt, in diesem Moment, geradezu glüht. „Chef", stottert sie, „ich weiß doch auch nicht. Du machst nichts falsch. Unsere Angebote sind fair und nachvollziehbar. Ich hab nicht die geringste Ahnung." „Wer soll es dann wissen?", fleht Paulson sie an, „wer denn?" Er rauft sich die Haare, blickt aus dem Fenster und zwingt sich, seine Gedanken auf den Punkt zu bringen: „Hier steckt gewaltig der Wurm drin. Erst zu Hause, jetzt in der Firma. Und wenn ich nicht aufpasse, dann bin auch ich bald infiziert, werde von innen heraus aufgefressen. Aber jetzt ist Schluss mit lustig."

Das Tier in ihm ist erwacht. Gereizt greift er nach dem Branchenfernsprechbuch, sucht nach Detekteien. Es ist nur eine Frage von Minuten bis er sich für „Brenner" entscheidet.

13. Observation

Wenige Tage später steht Paulson am Faxgerät und wartet auf den ersten Bericht der Detektei. Entgegen seinen sonstigen Gewohnheiten beginnt er sehr langsam zu lesen, Zeile für Zeile, Wort für Wort:

„27.02: ZP verlässt um 10:42 das Haus. Fährt mit einem dunkelroten Golf, Kennzeichen WI-TP-369, in Richtung A66. Biegt auf die A66 ein Fahrtrichtung Frankfurt. Nimmt die Abfahrt Hofheim. Es ist jetzt 11:03. ZP steuert Parkhaus Mitte an. Verlässt zu Fuß das Parkhaus um 11:14 ..."

Er spürt, wie er von Minute zu Minute ungeduldiger wird: „Was soll dieser ganze Mist? Ich will wissen, ob die etwas herausgefunden haben und nicht, was die den ganzen Tag auf meine Kosten machen. Ich rufe jetzt den Brenner an. Als Geschäftsführer sollte der ja wissen, was seine Leute tun. Habe ich etwa die Falschen beauftragt?

„Detektei Brenner, guten Tag, was kann ich für Sie tun?" Gut auswendig gelernt, denkt Paulson und verlangt kurz angebunden den Geschäftsführer. „Um was geht es bitte?", wird er von einer freundlich klingenden Stimme gefragt. „Entschuldigung die Dame", sein Tatendrang ist kurz gebremst, „es geht um eine Observation. Paulson mein Name, Stem Paulson." „Ah, Herr Paulson persönlich. Das ist gut, dass Sie anrufen. Der Chef hat es schon bei ihnen versucht. Aber da lief nur der Anrufbeantworter. Ich stelle Sie jetzt durch."

"Ist das nicht ... the show must go on ... passt haarscharf", durchzuckt es ihn, „Volltreffer". „Herr Paulson? Hier spricht Brenner. Gut, dass sie sich melden. Wir müssen uns zusammensetzen. Wollen wir heute Nachmittag, fünfzehn Uhr? Vor dem Café am Theater? Das kennen sie doch bestimmt." „Gebongt", antwortet Paulson, „um fünfzehn Uhr. Ich danke Ihnen, Herr Brenner."

Für den Moment ist er etwas beruhigt: „Das lässt sich doch ganz gut an, mal schauen, wie es weitergeht." Es ist genau der Arbeitsstil, den er mag: kurz, knapp und zackig. Kein ausschweifendes Geschwätz.

Kurz vor fünfzehn Uhr erscheint Brenner. Paulson erkennt ihn sofort, ohne ihn jemals zuvor gesehen zu haben: Mittelgroß, schlank, unauffällig gekleidet mit einem dunkelgrauen Übergangsmantel. „Herr Paulson? Schön Sie persönlich kennen zu lernen. Wollen wir da rübergehen zu dem kleinen Italiener? Da ist es um diese Zeit meist ziemlich ruhig." „In Ordnung", antwortet Paulson, „gehen Sie voran. Ich folge."

Brenner geht zügigen Schrittes über die Wilhelmstraße. Fußgängerampeln und sonstige Verbote scheinen ihn nicht im Geringsten zu interessieren. Er nimmt den kürzesten Weg, betritt das Lokal und steuert einen Nebenraum an. Paulson ist klar, dass Brenner nicht zum ersten Mal hier ist. „Hier sind wir sicher." Kann er etwa Paulsons Gedanken lesen? „Der Laden gehört einem Freund von mir – keine Wanzen, keine Videoüberwachung, keine Mithörer. Hier sind wir ungestört." Paulson ist von dessen Professionalität beeindruckt und findet so langsam Gefallen an der Aktion.

Nachdem Brenner Kaffee und Wasser organisiert hat, kommt er ohne Umschweife zur Sache. „Herr Paulson", sagt er, „wir sind einen wichtigen Schritt weitergekommen, können aber im Moment ihren Fall noch nicht abschließen. Es gibt da einiges, was noch geklärt werden muss." „Und das wäre?", will Paulson ungeduldig wissen. „Das Verschwinden der Unterlagen aus ihrem Büro zum Beispiel. Wir haben da zwar eine Spur, die auf die andere Rheinseite rüberführt. Es ist ziemlich sicher, dass sich in ihrer Firma ein Maulwurf eingenistet hat. Vielleicht ein Mitarbeiter, der kürzlich entlassen wurde, oder ein Mitbewerber, der Ihnen

Probleme bereiten möchte. Hier benötige ich detaillierte Informationen von Ihnen." „Oh je", entweicht es Paulson, „aber, kein Problem, Sie bekommen von mir alles, was Sie brauchen. Bitte, fahren Sie fort."

Brenner zögert kurz, atmet durch: „Fest steht jedenfalls, und da sind wir uns sicher, Herr Paulson, es tut mir leid, aber ihre Frau hat seit einigen Monaten einen Freund." „Einen was?", stammelt er. „Einen Freund, einen Liebhaber, oder wie Sie es nennen wollen. Er ist noch keine dreißig, geschieden, arbeitslos. Gelegenheitsjobber als Personaltrainer. War einige Jahre bei der Fremdenlegion. Seit knapp einem Jahr wieder hier im Raum. Fährt ein Motorrad, Marke YAMAHA, 750er, Farbe silbergrau. Sein Helm hat ein Emblem auf der Rückseite." „Was sagen Sie da? Ein Helm mit Emblem? So etwas ist mir kürzlich aufgefallen, in Südafrika. Der Personalchef eines meiner Kunden ist dort erschossen auf dem Airport aufgefunden worden. Unmittelbar bevor ich die letzte Passkontrolle passiert hatte. Und, Sie werden es kaum glauben, mit meiner Visitenkarte in der Tasche."

„Das ist ja ein Hammer", sagt Brenner, „hoffentlich hängen Sie da nicht in einer schmutzigen Sache drin. Vielleicht wird ihre Frau auch nur benutzt, um Ihnen zu schaden. Eines steht für mich fest: Wir müssen sehr vorsichtig sein. Wir haben es nicht mit Amateuren zu tun. Übrigens, besitzen Sie eine Waffe?"

„Ich? Eine Waffe?" Paulson ist total überrascht. „Nein, nein, bisher konnte ich alles halbwegs friedlich unter Kontrolle bringen." „Denken Sie mal darüber nach", meint Brenner, „aber lassen Sie uns nun wieder zu ihrer Frau zurückkommen. Sie besucht diesen Mann regelmäßig unter der Woche, ein bis zwei Mal, abends. Wir haben Nachbarn befragt. Es bestehen keinerlei Zweifel. Darüberhinaus war ihre Frau in der letzten Woche mehrmals bei einer Fachanwältin für Familienrecht in Hofheim. Unseren Informationen zufolge hat die Haare auf der Zunge und soll schon manchen Prozessgegner zur Verzweiflung getrieben haben. Sie müssen sich also genau überlegen, wie Sie mit dieser Situation umgehen wollen. Von einem können Sie jedenfalls fest ausgehen, Herr Paulson, die Geschichte ist kein harmloser Seitensprung."

Stem Paulson sitzt sekundenlang in sich gekehrt auf seinem Stuhl. Dann erhebt er sich bedächtig, streckt sich nach allen Seiten. „So eine Scheiße", bricht es plötzlich aus ihm heraus, „von so was lasse ich mir doch nicht mein Leben zerstören. Asoziales Pack. Es ist zum." Er holt tief Luft, macht eine kurze Verschnaufpause, um dann erst richtig loszupoltern: „Ich bin doch das größte Arschloch auf diesem Planeten. Reiße mir den Arsch auf und merke nicht, wie ich hintergangen werde. Idiot." Brenner wartet geduldig, bis Paulson sich wieder gefangen hat.

„Also", fährt er fort, „wem haben Sie in den letzten zwölf Monaten gekündigt? Wen abgemahnt? Mit wem oder was gab es Ärger? Bei welchen Kunden gibt es unerwartete Umsatzeinbußen, schlechte Zahlungsmoral, sonstige Auffälligkeiten, Besonderheiten? Und bitte, immer mit Name, Adresse, Telefonnummern, Email-Adresse und so weiter. Sie dürfen nichts vergessen. Und weihen Sie niemanden aus ihrem Team oder ihrer Familie in unsere Recherche ein. Alles muss gecheckt werden. Auch ihre Assistentin und ihre Vertrauten." „Alle? Wirklich alle?", wiederholt Paulson mit ungläubigem Blick. Die Antwort kommt wie aus der Pistole geschossen: „Ja. Alle. Ohne Ausnahme."

Paulson verspürt eine plötzliche Trockenheit in seinem Hals. Ist es die Härte und Kompromisslosigkeit Brenners? Sein Verstand kann nicht alles nachvollziehen: „Auch Maria, die treueste Seele, die man sich vorstellen kann, soll unter Generalverdacht stehen? Aber Brenner bestimmt hier die Regeln. Und an die habe auch ich mich zu halten."

burn in

14. Es brennt

„Dr. Herrmann bittet um sofortigen Rückruf. Extrem wichtig. Telefonat um fünfzehn Uhr vierunddreißig erhalten. Maria. "

Paulson findet auf seinem Schreibtisch diese Notiz. „Extrem wichtig" sind Worte, die nicht zu seinem Bild des Top-Managers passen, der bisher total überlegt und ausbalanciert auf ihn wirkte. Er kann es kaum glauben. „Was soll's", knurrt er vor sich hin, „ich werde es ja bald erfahren."

Ein längeres Telefonat bringt kurz darauf Licht in sein Dunkel. Er kann kaum glauben, was alles passiert sein soll, versucht die wesentlichen Inhalte zu rekapitulieren. Sein Hirn arbeitet auf Hochtouren, man könnte auch sagen, wie besessen: „... fast wie 9/11 ... die haben die Lagerhalle abgefackelt ... schon wieder ein Toter ... wer könnte es sein? Erst wird der Geschäftsführer eines Mitbewerbers auf offener Straße hingerichtet ... mehrere Schüsse aus nächster Nähe ... der oder die Täter unbekannt ... ist der genauso fürchterlich zugerichtet worden wie der Weiss? ... wäre zumindest ein Indiz für einen Zusammenhang ... vielleicht sollte ich der Polizei einen Hinweis darauf geben ... ich denke, die einen wissen nichts von den anderen ... da sind die Verbrecher wahrscheinlich besser aufgestellt ... auf der anderen Seite ... dann stellen die wieder blöde Fragen, auch über meine Kunden ... besser ich lass das, ich muss mich nicht überall rein hängen."

Paulson ist unterwegs zu Dr. Herrmann. Sein Achtzylinder schnurrt über die Autobahn. Raststätte „Steilgarten" ist vereinbart, so gegen Fünf. Er schaut auf die Uhr: „Oh, das wird knapp, nicht nur mit der Zeit, auch mit dem Sprit."
„Verdammt", rutscht ihm über die Lippen, „haben die hier nicht generell 140 oder sind es sogar nur 120 auf der Autobahn?" Er nimmt schnell den Fuß vom Gas. Es fühlt sich komisch an. Ein Gefühl stellt sich ein, als ob er plötzlich

47

stehen würde. „Blöde Geschwindigkeitsbeschränkung“, flucht er, „das hält einen nur auf.“

Dr. Herrmann kommt ihm an der Raststätte sofort entgegen: „Herr Paulson, danke, dass Sie so schnell kommen konnten. Ich hoffe, ich habe Ihnen keine allzu großen Probleme bereitet.“ Paulson ist überrascht. So hat er Dr. Herrmann bisher noch nie erlebt. Dieser geht vorweg, folgt einem Schild mit dem Hinweis „Toiletten“, öffnet unvermutet eine Tür. Zwei Personen erwarten sie. Sie wirken kalt und unnahbar. Auch ihr Lächeln ändert nichts, denn der Blick spricht eine andere Sprache. „Herr Paulson“, Dr. Herrmann klärt ihn auf, „die beiden Herren arbeiten im Auftrag unserer Konzernmutter. Namen spielen keine Rolle. Sie, ah, wir wünschen ausdrücklich die Kooperation mit Ihnen persönlich, nicht mit einem Ihrer Mitarbeiter. Es geht um die Aufklärung dessen, was bei uns geschah. Ich gehe davon aus, Sie wissen, wovon ich spreche.“

Paulson stutzt, will seine Visitenkarte schon wieder wegstecken, als der Ältere der beiden sich einmischt: „Herr Paulson, ihre Karte. Bitte.“ „Flott, flott“, denkt er und erfüllt den Wunsch. Die beiden werfen einen kurzen Blick darauf - fragen nahezu zeitgleich „und mobil?“ In diesem Moment muss Paulson schmunzeln und erwidert: „Da muss ich erst unseren Datenschutzbeauftragten fragen, der bei uns für Sicherheit und Kommunikation zuständig ist.“ Dr. Herrmann wirkt verstimmt: „Herr Paulson“, sagt er mit leicht erregter Stimme. „Ist schon gut“, gibt dieser schnell auf, „daran soll es nicht scheitern.“

Paulson wird eröffnet, dass er ab sofort Mitglied des Krisenstabes ist. Das ist zwar ein schöner Vertrauensbeweis für die bisher geleistete Arbeit, doch hat er das ungute Gefühl, dass nicht mit offenen Karten gespielt wird. Das signalisiert ihm zumindest sein Bauchgefühl.

„Führen Sie bis Ende nächster Woche so dreißig bis vierzig Interviews. Sie erhalten eine Liste mit den Namen bis morgen Vormittag. Offizielles Thema ist ‚Markt und Mitbewerber im EU-Raum'. Wir erwarten ein fundiertes Positionspapier über jeden Interviewpartner mit einer One-Page-Summary. Das Ganze topsecret. Keine Mails. Bringen Sie die Ergebnisse Ende nächster Woche mit. Wir treffen uns in Hahn am Airport. Herr Paulson, haben Sie noch Fragen?"

Nein, die gibt es im Moment nicht. Dr. Herrmann steht auf, öffnet die Tür und sagt: „Danke, bis bald Herr Paulson." Dieser blickt kurz in die Runde und verlässt den Raum mit der Bestätigung, dass es Menschen auf diesem Planeten gibt, die man wirklich nicht kennen muss. Auf der anderen Seite fühlt er sich aber auch geschmeichelt. Er ist unschlüssig, ob ihm jetzt eher nach Weinen oder nach Lachen zumute ist: „Man kann ja nie wissen, wofür das vielleicht einmal gut ist. Aber vierzig Interviews mit Hochkarätern? In einer Woche? Komplett dokumentiert? Das ist kaum zu schaffen. Bin ich eigentlich noch bei Sinnen einen solchen Job anzunehmen?"

Seine Selbstgespräche nehmen an Häufigkeit zu, ohne dass ihm dies wirklich bewusst wird. Wenn sich das fortsetzen sollte, könnte es bald sehr einsam für ihn werden. Aber so weit ist es ja noch nicht.

15. Rendezvous

Paulson startet seine Interviews mit Frau Dr. Berger, von der er in den letzten Wochen den Eindruck gewonnen hat, dass sie ihm gegenüber besonders freundlich ist. Sie wartet bereits im kurzfristig vereinbarten Restaurant am Sendlinger Tor. Sofort fällt ihm auf, dass sie sich voll in Schale geworfen hat und ihn mit großen Augen anstrahlt: „Guten Abend, Meister. Wie ich sehe, geht es Ihnen gut."

„Sehr gut, Frau Doktor", antwortet Paulson, „bin zufrieden, und selbst?" Sie lächelt ihn vielsagend an: „Herr Paulson, sagen Sie doch Birgit zu mir. Das Förmliche passt doch nicht für den heutigen Abend, oder was meinst du?" Paulson fühlt sich überrumpelt, überlegt kurz und antwortet dann in bedächtigen Worten: „Liebe Frau Doktor, danke für ihr Angebot. Können wir uns auf einen Kompromiss einigen? Was meinen Sie? Wir bleiben bei dem Sie, wissen Sie, ich habe da so meine Grundsätze, die vielleicht nicht mehr ganz der heutigen Zeit entsprechen, die sich aber in meinem Business bewährt haben. Dafür nehme ich gerne ihr Angebot mit der Birgit an. Einverstanden?" Ein kurzer Blick in ihre Augen verrät, dass sie sich seine Antwort etwas anders vorgestellt hat. „Wie der Meister meint", erwidert sie in leicht trotzigem Tonfall, „so können wir es auch machen." Die Formalitäten sind geklärt, der Abend kann beginnen.

„Birgit, darf ich ihnen einen Brunello empfehlen, guter Jahrgang, genau richtig für diese Stunde," schlägt Paulson vor. „Vielleicht später", hört er, „ich brauche erst mal Champagner." „In Ordnung", befindet Paulson, gleichwohl registrierend, dass die Dame klare Vorstellungen hat.

Nach der Menüwahl überrascht er Frau Dr. Berger mit der direkten Frage: „Birgit, kennen Sie den Anlass für unser heutiges Abendessen?" Sie blickt auf, zögert kurz. „Meine Gründe kenne ich", entgegnet sie mit einem kessen Lächeln, aber deine, ah sorry, ihre? Nein, die kenne ich nicht. Bin doch kein Hellseher, oder?" „Also wenn schon, dann Hellseherin", er nimmt gerne den Ball auf, um fortzufahren: „Sie haben bestimmt von dem Brand und dem tragischen Geschehen ihres geschätzten Kollegen aus der Personalabteilung gehört." Birgit Berger unterbricht ihn abrupt mit der schnippischen Bemerkung: „Geschätzt? Geschätzt haben den bestimmt nicht viele. Ich möchte nicht wissen, was der alles in seiner Handkartei sammelte, dieser Schnüffler." „Aber, aber", unterbricht Paulson, „der Mann ist tot. Birgit, ich bin erschüttert." „Jetzt tu mal nicht so," empört diese sich, „ihr arbeitet doch auch mit allen Tricks. Ich hab neulich selbst miterlebt, wie du den Tanner eingeseift hast. Der hatte ja überhaupt keine Chance, sich zu wehren. Ich weiß, unsere hohen Tiere sind begeistert von dir, aber jetzt mach bitte nicht auf den feinen Herrn. Du bist mit allen Wassern gewaschen, Herr Paulson. Und überhaupt: Wenn du Karlsheim gehört hättest, als der die Nachricht über Weiss erhielt. Der hat die Korken knallen lassen, und nicht nur einen."

„Meine Gute, so kenne ich Sie ja gar nicht", mimt Paulson auf total überrascht, „sonst immer so beherrscht und korrekt." Plötzlich spürt er Finger auf seinem Unterarm. Birgit lächelt. „Wir Frauen sind eben manchmal etwas emotional. Es soll aber auch Männer geben, die das mögen", zwinkert sie ihm zu und lässt ihre Hand über seinen Oberschenkel gleiten. „Ja, ja", bestätigt er sie, „meine Frau ist auch so eine. Wenn da mal ein falsches Wort fällt, ist nicht gut Kirschen essen mit ihr. Sie haben sicher recht, Birgit, Frauen sind so, zumindest manche."

Paulson hofft, dass Birgit verstanden hat. Weit gefehlt. Sie setzt unbeirrt ihre Erkundungen fort, scheint keine Grenzen zu kennen. Ihm wird leicht heiß, als sie plötzlich ihre Hand zurückzieht, nach ihrem Champagnerglas greift und ihm zuprostet: „Auf den neuen Personalchef. Wissen Sie schon, wer das werden soll?" „Birgit", antwortet er, „konkret weiß ich gar nichts. Aber es sind mehrere Namen im Gespräch.

Ich hab da von einem gehört, ach je, wie war der Name noch mal?" „Meinst du den Mayfield?" Sie hilft ihm auf die Sprünge, erschrickt jedoch, als der Name ausgesprochen ist und versucht sofort den Fauxpas zu kaschieren: „Oder Maifirm, irgendwie finnisch klingend. Kann aber auch anders sein."

Der Abend vergeht wie im Flug. Birgit wird mit jedem Glas anhänglicher, zudringlicher. Paulson ist nicht entgangen, dass sie mittlerweile mehr auf seinem Schoß als auf ihrem Platz sitzt. Ihr schweres Parfum hat bereits Besitz von ihm ergriffen. Und seinen Oberschenkel hat sie auch fest in Beschlag genommen. Er befürchtet für einen kurzen Moment, dass wenn ihr Klammergriff gewaltsam gelockert würde, sie kurzerhand nach vorne auf den Tisch kippen könnte. Das wäre zwar nicht tragisch, hätte aber zumindest fragende Blicke anderer Gäste zur Folge. Ihm klingt schon der Tratsch in den Ohren, dass die Berger jetzt auch ihn auf ihrer Liste hat. Und solche Gerüchte wären nicht gut für sein Geschäft. Also was tun? Paulson macht zunächst weiter gute Miene zu diesem Spiel und belässt ihre Hand bei sich.

Als der Kellner in seiner Nähe ist, ordert er die Rechnung. „Sehr wohl, die Herrschaften", antwortet dieser, „sofort. Und wünschen die Herrschaften noch einen Digestiv, Espresso?" Digestiv ist das Zauberwort für Birgit. „Vogelbeer für mich, und du?", säuselt sie. Aufgeschreckt antwortet Paulson: „Einen Espresso, doppelt bitte. Und dann ein Taxi für die Dame." „Sehr wohl, ein Vogelbeer doppelt, ein Espresso und ein Taxi für die Herrschaften." „Anfänger", mehr fällt Paulson dazu nicht ein.

Das Taxi kommt schneller als erwartet. Paulson bringt seine Begleiterin nach draußen, wo der Fahrer bereits die Tür geöffnet hat. „Sehr schön", denkt er und schiebt sie in den Fond: „Bringen Sie die Dame bitte sicher nach Hause. Danke". Er drückt dem Fahrer einen Schein in die Hand: „Ich denke, das müsste reichen. Wenn nicht, schicken Sie mir ihre Rechnung ins Büro. Warten Sie, hier ist meine Visitenkarte." „Ist in Ordnung", meint dieser, „ich schicke Ihnen auf jeden Fall die Quittung zu. Gute Nacht."

16. Überraschung

In einer nervenaufreibenden Nacht- und Nebelaktion führt Paulson die vom Krisenstab gewünschten Interviews durch. Er übergibt die kompletten Ergebnisse den beiden Agenten persönlich am Flughafen Hahn. Es ist ein kurzes Treffen von weniger als zehn Minuten. Auf dem Weg zurück wird ihm deutlich, dass mit dieser Art von Menschen schlecht Kirschen essen ist. Er hofft, dass dies die letzte Begegnung war. Das Ganze hat viel Energie erfordert und er fühlt sich ziemlich am Ende seiner Kräfte.

Wenige Tage später steht ein wichtiges Gespräch mit Dr. Herrmann an. Thema: Folgevereinbarung für die nächsten Monate. Paulson geht im Kopf noch einmal die Liste der geplanten Projekte durch und wartet auf ein Zeichen von Monika Pohmer. Sie ist die Assistentin von Dr. Herrmann, eine adrette Dame, Mitte bis Ende dreißig, figurbetont gekleidet, meist nett lächelnd und immer auf Highheels. Wenn ihr allerdings jemand ungelegen daherkommt, kann sie sehr resolut sein. Daher versucht Paulson auch heute, ein passendes Wort für sie zu finden. Und einige Male konnte er bereits mit Pralinen punkten, eine Leidenschaft, die sie mit ihm teilt.

Punkt Elf öffnet sich die Tür: „Herr Paulson", hört er, „schön Sie zu sehen. Kommen Sie herein. Wie üblich Kaffee und Wasser?" „Guten Morgen", erwidert Paulson, „wie immer Kaffee und Leitungswasser." „Ich habe heute wenig Zeit", eröffnet ihm Dr. Herrmann, „nehmen Sie's bitte nicht persönlich." Paulson merkt auf. Wenig Zeit hört sich nicht gut an, denn Zeit haben ist immer auch eine Frage der Wertschätzung. „Lassen Sie Ihre Mappe zu, Herr Paulson", diktiert Dr. Herrmann, „ich möchte das diesmal anders handhaben. Wir haben uns Einiges vorgenommen. Und da macht er Sinn, wenn wir unsere Vereinbarung flexibel halten. Was halten Sie davon, wenn wir dieses Mal einen Rahmenvertrag abschließen mit für Sie garantierten sechzig Manntagen. Ihr Honorarsatz bleibt unverändert, oder?" „Ja ja", antwortet Paulson, „der bleibt unverändert. Aber ob sechzig Manntage ausreichen? Das könnte knapp werden." „Das sehe ich nicht so", entgegnet Dr. Herrmann mit einem nicht zu übersehenden Lächeln, „das sind in einem halben Jahr immerhin mehr als dreihundertfünfzig Tage. Damit müssten wir doch hinkommen?" Paulson stockt der Atem. „Ach so. Natürlich kommen wir damit hin." Dr. Herrmann lächelt. „Oder ist Ihnen das zu viel?" Ein Strahlen überzieht Paulsons Gesicht.

„Monika", sagt Dr. Herrmann, „bringen Sie doch bitte die Unterschriftenmappe." Paulson blickt in Richtung Sekretariat und sieht Frau Pohmer hereinstolzieren: „Herr Paulson, ich freue mich für Sie und gratuliere." Frau Pohmer ergänzt lächelt: „Wir haben viel vor." Dessen ist sich Paulson bewusst.

In diesem Moment taucht Karlsheim auf. „Mein Guter", empfängt ihn Dr. Herrmann, „du bist immer dann zur Stelle, wenn man dich braucht. Nimm dir doch gleich unseren Herrn Paulson zur Brust. Ich muss weg zum Airport. Der Fahrer wartet schon." Karlsheim wendet sich Paulson zu: „Was halten Sie von einem kleinen Happen bei meinem Italiener? Der bietet vorzügliche Pasta an. Die müssen Sie kosten."

Während des mehrstündigen Essens, Karlsheim pflegt regelmäßig ein ausgiebiges Mittagsmahl zu sich zu nehmen, erfährt er Neues über die bereits genehmigten Projekte, unter anderem eine Werksübernahme in Südafrika. Südafrika, geht ihm durch den Kopf, da war doch noch mal was?

Dann spricht Karlsheim das Thema Entwicklungspotenzial der Frauen im Headquarter an. Jetzt wird es interessant. „An wen haben Sie insgeheim gedacht, Herr Karlsheim?", fragt

Paulson und hofft auf eine Antwort. Pechgehabt, keine Reaktion. „Meinen Sie Frau Dr. Berger, Frau Pohmer?", ergänzt Paulson. „Gut, dass Sie auch an Monika denken", merkt Karlsheim an, „hat die nicht Feuer unter dem Hintern? Tolle Frau, was?"

Jetzt hilft nur noch Klartext reden: „Ich kenne die Dame nur als Assistentin von Dr. Herrmann. Sie hat bisher an keinem Assessment teilgenommen." „Sie", Karlsstein schüttelt lachend den Kopf„ „Sie gefallen mir. Ihre Disziplin ist bewundernswert. Lassen wir es für heute. Aber unsere Birgit kennen Sie doch besser. Wie lief es denn neulich in München?".

„Frau Dr. Berger", fährt Paulson fort, „hat an einem Assessment und drei Seminaren teilgenommen. Eine Frau, die genau weiß, was sie will. Sie ist sprachbegabt, guter analytischer Intellekt, erstklassige Umgangsformen und ein gewisses Etwas. Ich denke, Sie verstehen." „Nein, keine Ahnung", sagt Karlsheim lächelnd, „ich weiß nicht, was Sie meinen." Paulson kapituliert: „Okay, gewonnen. Ich habe den Eindruck, dass sie bei ihren männlichen Kollegen sehr gut ankommt, besonders bei Herrn Tanner. Der soll bei ihr einen Stein im Brett haben."

„Der Tanner?", protestiert Karlsheim energisch, „das kann ich mir überhaupt nicht vorstellen. So ein ungeschliffener Lackel. Der ist doch weit unter ihrem Niveau. Nein, der Tanner bestimmt nicht."

Oh oh, vermerkt Paulson, Volltreffer. Auch Karlsheim scheint von seiner Reaktion etwas überrascht zu sein. „Nichts für ungut," versucht er rasch zu beschwichtigen, „bei Frauen ist es sicher etwas komplexer als bei uns Männern. Und die Monika?" Er lässt nicht locker. „Frau Pohmer sollten wir die Chance geben, an einem der nächsten Assessments teilzunehmen", schlägt Paulson vor. „Gute Idee", stimmt Karlsheim zu, „ich bin als Beobachter dabei." Paulson bestätigt das süffisant lächelnd: „Herr Karlsheim, ich denke das lässt sich einrichten. Und es ist auch für die Akzeptanz unserer Assessments hier im Hause gut, wenn ein Mitglied des Vorstands sich aktiv in die Nachwuchsförderung einbringt und zwei ganze Tage seiner kostbaren Zeit opfert." „So sehe ich das auch", meint Karlsheim, „wir sehen uns".

17. Dunkle Gedanken

Paulson hatte die von Brenner gewünschten Informationen zusammengestellt und ihm per Bote zustellen lassen. „Oh Gott", atmet er tief durch, „diese Schnüffelei. Wie muss sich erst so ein richtiger Maulwurf fühlen?" Paulson ist allerdings auch klar geworden, dass es in der Vergangenheit ein gravierender Fehler war, einigen Menschen mehr oder weniger blind zu vertrauen: „Das wird mir in Zukunft nicht mehr passieren. Da bin ich mir sicher", fasst er trotzig zusammen.

Später beschließt er, mal wieder bei seiner Bank im Kurpark vorbeizuschauen. Die Ruhe dort zieht ihn geradezu magisch an. Doch die Enttäuschung lässt heute nicht lange auf sich warten. Ein knutschendes Pärchen hat seine Bank in Beschlag genommen hat. „Liebende soll man nicht stören", murmelt er mit einem tiefen Seufzer vor sich hin: „Ob ich irgendwann in meinem Leben auch noch mal so auf einer Bank sitzen werde? Obwohl, so alt bin ich ja auch noch nicht. Aber der Jüngste eben auch nicht mehr", erinnert ihn sein alter Ego. „Scheiß der Hund drauf", schimpft er, „wenn mich die Tekla nicht mehr haben will, dann eben nicht. Wer sagt denn, dass ich sie überhaupt noch will?

Immer wenn er an Tekla und den Motorradfreak denken muss, ist er kurz davor, seine Beherrschung zu verlieren. Bisher sind ihm noch nie die Sicherungen durchgebrannt. Aber jetzt ist er sich seiner nicht mehr ganz so sicher. Ein Gedanke wie zum Beispiel „irgendwo im Busch würde man kurzen Prozess machen", war ihm bisher fremd. „Hat der Kerl etwa eine neue Seite an dir erschlossen?"

In diesem Moment summt sein Telefon. „Ja, bitte?" „Herr Paulson? Am Apparat?", fragt ihn eine irgendwie vertraute Stimme. „Ja, persönlich", antwortetet er, „gut von Ihnen zu hören, Herr Brenner. Haben Sie neue Erkenntnisse?" „Und ob", antwortet dieser, „wann treffen wir uns?" „So bald wie möglich", meint Paulson, „es wird Zeit, dass die ganze Geschichte aufgeklärt wird. Ich kann kaum mehr eine Nacht richtig schlafen. So langsam ist der Punkt bei mir erreicht. Es muss was passieren. So oder so."

18. Verdacht

Paulson sitzt im Flieger. Er spielt an seinem Aktenkoffer herum, der nicht viel mehr als Tabletten, Zäpfchen und sonstige Utensilien der medizinischen Notfallabteilung enthält. Ein kurzer Blick in das Innere des Koffers genügt, um seinen Adrenalinspiegel gewaltig nach oben zu puschen. Er kann mittlerweile den Anblick seiner Medikamente kaum mehr ertragen. Doch er ist abhängig davon. Er braucht sie. Täglich. Anders kann er diese unsäglichen Rückenschmerzen nicht mehr ertragen. Und doch haben noch immer seine Projekte und der daraus resultierende Umsatz oberste Priorität. Allerdings bestimmen mittlerweile Hals- und Lendenwirbelsäule mehr und mehr sein Leben. Und es scheint, dass es nicht besser, sondern eher schlechter wird.

Er blickt nach der Stewardess und ordert sogleich einen Cognac, wohl wissend, dass auch das Gift ist. „Aber, was soll's. Noch geht es ja", besänftigt er sich. „Sind wir Menschen so gestrickt?", will er wissen, um sich sogleich die Antwort zu geben: „Und du bist eben einer von ihnen. Einer mit Stärken, aber auch mit Schwächen. Warum sollst du dir heute keine davon leisten? Und ein Cognac? Das ist ja wirklich nicht die Welt."

Dr. Herrmann ist, wie immer in letzter Zeit, sehr erfreut ihn zu sehen und kommt sofort zur Sache. „Herr Paulson, Sie müssen sich was einfallen lassen: „Erstens, unser Tanner macht mir große Sorgen. Der benimmt sich im Moment wie eine wandelnde Zeitbombe. Ich weiß nicht, was mit dem los ist. Der geht bei fast jeder Kleinigkeit sofort hoch. Seitdem der diese schwere Maschine fährt, rastet der immer wieder aus. Mir ist zugetragen worden, dass es in seinem Team gewaltig brodeln soll. Wir dürfen nicht zulassen, dass der unsere Mitarbeiter vergrault. Tun Sie was, und bitte, schnell."

Paulson hat sich eifrig Notizen gemacht und signalisiert Zustimmung: „Geht in Ordnung. Habe ich richtig verstanden, Herr Tanner besitzt ein Motorrad?" Dr. Herrmann nickt und fährt fort: „Zweitens, was ist mit der Birgit los? Die ist in letzter Zeit kaum mehr in ihrem Büro anzutreffen, reist nur noch in der Weltgeschichte rum und macht Networking. Das mag ja prinzipiell in Ordnung sein, aber sie scheint dabei Privates und Business nicht sauber zu trennen. Das ist nicht gut für unser Renommee bei den Kunden. Insbesondere im angelsächsischen Raum zeichnet sich bereits ein größeres Problem ab. Ich habe eindeutige Signale von unserem wichtigsten Key Account bekommen. Der ist nicht besonders amused, was seinen Einkaufsleiter betrifft. Was genau läuft, weiß ich nicht. Ist auch nicht so wichtig. Schauen Sie, was Sie da tun können. Aber seien Sie vorsichtig. Birgit hat sich bei mir kürzlich nicht besonders positiv über Sie geäußert. Hat es da irgendetwas Besonderes gegeben? Sie können es mir ganz offen sagen, Herr Paulson."

Paulson hört alle Alarmglocken läuten und entgegnet: „Es gibt da einige grundsätzliche Punkte, in denen Frau Dr. Berger und ich noch nicht übereinstimmen. Wir sind aber regelmäßig in Kontakt und werden das in Griff bekommen. Es ist nichts, was Sie irgendwie beunruhigen müsste." Dr. Herrmann schaut ihm mit strengem Blick in die Augen und konstatiert: „Paulson, ich verlasse mich auf Sie." „Das können Sie auch", bekräftigt dieser, „es ist wirklich nichts Besorgniserregendes."

„Dann komme ich zu meinem letzten Anliegen", fährt er fort und wippt mehrmals mit dem Oberkörper auf und ab. „Vielleicht ist es nur ein Hirngespinst von mir, aber ich habe einen schlimmen Verdacht. Mein Kollege Karlsheim. Sie wissen, ich schätze ihn ungemein. Und ich lege großen Wert auf seine Meinung, seine Erfahrung, sein Urteil. Aber in letzter Zeit sind mir einige Zweifel gekommen. Ich tue mich da sehr schwer darüber zu reden. Auch die Geheimdienstleute, äh, Sie erinnern sich, die beiden ohne Visitenkarte, machten Andeutungen in diese Richtung. Es könnte sein, dass er so einer Loge angehört. Ich nehme an, Sie wissen, was ich meine."

Er macht eine kurze Pause, wendet seinen Blick zur Zimmerdecke und fährt fort: „Wir haben herausgefunden, dass es einige davon, ich meine von diesen Logen, hier gibt. Eigentlich dachte ich, dass die nach dem zweiten Weltkrieg von der Bildfläche verschwunden wären. Aber dem ist wohl nicht so. Die scheinen ja weiterhin ihren obskuren Vorstellungen nachzuhängen. Ob das Freimaurer sind oder was auch immer weiß ich natürlich nicht. Ich hoffe, Sie wissen mehr als ich."

Jetzt ist Paulson gefordert: „Ich und Geheimgesellschaften, da haben Sie mich total auf dem falschen Fuß erwischt. Ich habe bisher nie mit so etwas zu tun gehabt, geschweige kenne ich irgendwelche Weltanschauungen von denen. Aber", er macht eine kurze Pause, „vielleicht ist es jetzt an der Zeit, dieses Defizit zu beseitigen. Was halten Sie davon, wenn ich mich schlau machen lasse?" Dr. Herrmann schweigt, wiegt den Kopf hin und her. Paulson nutzt die Gesprächspause und ergänzt: „Ich wäre total überrascht - Herr Karlsheim in einer Loge? Das kann ich mir wirklich nicht vorstellen. Genau wissen kann man es natürlich nicht. Selbst Freud oder Jung konnten keinem hinter die Stirn blicken. Die Psyche des Menschen wird wohl immer ein großes Geheimnis bleiben." Dr. Herrmann lächelt süßsauer und nickt zustimmend: „Da haben Sie wohl recht. Aber, warten Sie bitte, mir ist jetzt dieser Name wieder eingefallen. Kennen Sie einen Gary Mayfield? Der versucht seit längerem, mit uns ins Geschäft zu kommen. Woher die Birgit den kennt, kann ich Ihnen nicht sagen. Der versucht es ganz aggressiv mit Dumping-Preisen. Wenn ich die mit ihren vergliche, Sie würden sich wundern, Herr Paulson." Dieser lächelt ihm zu: „ Ja, ich kenne einen Herrn Mayfield. Es war eine kurze Begegnung im Flieger. Später wollten wir uns in Südafrika treffen für einen Erfahrungsaustausch. Leider ist nicht erschienen. Das war übrigens genau an dem Tag, als ihr Dr.

Weiss dort ums Leben gekommen ist." „Das ist ja ein seltsamer Zufall", Dr. Herrmann ist deutlich erkennbar geschockt, „genau am selben Tag, sagen Sie. Hören Sie mal, Paulson, hat Ihnen schon mal jemand gesagt, dass Sie eine gewisse Ähnlichkeit mit dem Kollegen Weiss haben, so von der Statur, der Größe, der Haarfarbe her?"

Paulson ist baff. „Was?", stottert er, „was meinen Sie da?"

„Ich meine gar nichts", wirft Dr. Herrmann schnell ein, „ich wollte nur auf eine gewisse Ähnlichkeit hinweisen, nicht mehr, aber auch nicht weniger. Jetzt machen Sie sich nur keine dummen Gedanken. Lassen Sie sich zum Flieger bringen und denken Sie an was anderes. Das Leben ist zu kurz, um sich mit allen Eventualitäten zu beschäftigen. Gute Reise, Herr Paulson."

Tief in Gedanken versunken reicht Paulson ihm zum Abschied die Hand und bewegt sich Richtung Tür: „Ähnlichkeit mit dem Weiss?" Es will ihm nicht aus dem Kopf gehen: „Der ist jetzt tot. Ich lebe. Nur Schwein gehabt?"

Stem Paulson ist kein Bedenkenträger, doch in diesem Fall sieht er es etwas differenzierter: „Muss ich jetzt Angst haben bei jedem Schritt und Tritt auf unbekanntem Terrain? Dann kann ich gleich meinen Job an den Nagel hängen. Reiß dich zusammen und zeige der Welt deine Muskeln." Beim Wort „Muskeln" überkommt ihn allerdings ein mildes Lächeln. Er ist sich bewusst, dass es damit nicht weit her ist. Der letzte Besuch in einem Fitnessstudio datiert einige Zeit zurück. Und so hat sich auch seine Muskulatur entwickelt. „Im Durchschnitt habe ich mich aber kaum verändert", stellt Paulson zur Beruhigung fest, „weniger Muskelmasse, dafür mehr Bauch." Nicht nur Statistiken können lügen.

19. Leben am Limit

Paulson ist auf dem Weg zu Brenner als sich Maria bei ihm meldet: „Was ist?", grummelt er, „du weißt doch, dass ich unterwegs meine Ruhe haben will." „Chef", unterbricht sie, „die Dinger sind wieder da." „Hä? Welche Dinger?", raunzt er sie an, „geht es auch konkreter?" „Ja ja", entgegnet sie, „ich meine die beiden betriebswirtschaftlichen Auswertungen." „Was?", zischt Paulson, „wer außer uns beiden war heute schon im Büro? Warst du zwischenzeitlich mal weg? Denk genau nach, es ist wichtig, sehr wichtig."

Maria macht eine längere Pause. „Chef", sagt sie nun betont langsam, „ich war die ganze Zeit da. Gekommen ist nur der Postbote mit einem Einschreiben von einer Rechtsanwältin, hab ich dir auf den Tisch gelegt, und UPS mit einem Paket. Ach ja, deine Frau war kurz da. Die Kinder haben wohl am Wochenende irgendwelche Dinge für die Schule in deinem Büro liegen lassen. Sie war aber ganz schnell wieder weg. „So, so", meint Paulson, „gut, dass du mich informiert hast. Halt die Ohren steif."

Derweil wartet Brenner schon auf ihn: „Herr Paulson, schön Sie bei guter Gesundheit zu sehen". Dieser Empfang schockt Paulson. „Was heißt bei guter Gesundheit? Was haben Sie erwartet?" „Na ja", entgegnet Brenner trocken, „ich habe auch schon andere Fälle erlebt. Aber lassen wir dies. Gehen wir rüber? Sie kennen ja den Weg." „Okay", ist Paulsons Antwort, immer noch grübelnd, was Brenner mit bester Gesundheit gemeint haben könnte.

„Herr Paulson", Brenner beginnt heute ungewöhnlich förmlich, „darf ich Ihnen eine Frage stellen?" „Natürlich, nur zu", ermuntert dieser ihn, „was wollen Sie wissen? Ich bin bereit." „Also", fährt Brenner fort, „die Sache ist die. Wie gut kennen Sie Ihren Mitgesellschafter Langer? Was macht der für Sie?" „Langer?" Spontan fällt Paulson zu Langer wenig ein. Dann sprudelt es geradezu aus ihm heraus:

„Also, da muss ich etwas weiter ausholen. Der fing noch während seines Studiums als Praktikant an. Schlaues Kerlchen. Habe schnell erkannt, dass der diesen gewissen Biss hat, den man einfach braucht, um mit anspruchsvollen Kunden klar zu kommen. Hat sich schnell eingearbeitet und schon nach kürzester Zeit Projekte selbständig abgewickelt. Tolle Performance. Dem konnte ich schon nach knapp einem Jahr ein richtig großes Projekt an die Hand geben. Die Airline hat uns einen sehr netten Brief geschrieben und Langer explizit für die geleistete Arbeit gedankt. Das war übrigens auch der Grund, warum ich ihm damals fünf Prozent der Gesellschaftsanteile überschrieben habe. Es war mal wieder so eine Spontanaktion von mir. Kurz danach ließ sein Engagement etwas nach. Ich habe ihn natürlich zur Rede gestellt. Dabei erzählte er mir, dass seine Schwiegereltern in spe großen Wert darauf lägen, dass ihre Tochter einen Promovierten mal heiratet. Der war damals noch kein Doktor. Ich fand die Idee auch gut, denn ein ‚Dr. Berater‘ ist bei Neukunden besser zu verkaufen als ein Berater ohne Titel. So sind die Menschen eben. Also gut, wir haben uns auf so eine Art Teilzeitjob arrangiert, und das hat auch ganz gut geklappt. Bis diese Grundsatzdiskussionen überhand genommen haben. Wahrscheinlich hat ihn der ganze theoretische Kram mit seiner Dissertation etwas aus der Bahn geworfen. Ich denke, unsere Beziehung hat damals einen kleinen Knacks bekommen. Es ist irgendwie nicht mehr so, wie es früher einmal war.“

Brenner unterbricht ihn: „Und dann, was war dann?“ „Das ist ganz einfach. Unsere Wege haben sich insofern getrennt, als er sich ganz auf seine Doktorarbeit konzentrierte. Seitdem ist er nur noch an unseren Quartalsbesprechungen dabei. Den Job als Assistent an der Uni wird der sicher nicht allzu lange mehr ausüben. Und dann kann er ja wieder richtig bei uns einsteigen. Sie müssen wissen, gute Leute sind in unserer Branche erstens selten, zweitens teuer und drittens kaum zu bekommen."

„Das verstehe ich", pflichtet Brenner bei, „bei uns sieht es nicht anders aus. Ich bin ja so froh, dass ich Frau Sanchez kürzlich abwerben konnte. Die hat ein Zahlen- und Nummerngedächtnis, phänomenal. Ich sagte ihr kürzlich noch, sie sei absolut reif für den Zirkus." „Zirkus ist gut", lacht Paulson, „dann wäre sie bei mir im Unternehmen genau an der richtigen Stelle. Und sagen Sie jetzt nur nicht, dass sie auch noch gut aussieht", zwinkert er Brenner zu. „Ich sage jetzt gar nichts mehr", blockt dieser ab, „lassen Sie uns lieber zu Ihrem Dr. Langer zurückkommen. Was sind denn so typische Themen bei ihren, wie sagten Sie nochmal, Quartalsbesprechungen?"

„Also, da ist einmal der Ergebnisbericht für das abgelaufene Quartal, die Angebotssituation, Gewinnen von Wunschkunden, also die, die wir gerne auf unserer Referenzliste hätten, die Erfolgsquote unserer Angebote, die Preise der Konkurrenz und so weiter. Ist nicht einfach. Vor allem in den letzten Monaten. Vor einem Jahr haben sie uns noch die Bude eingerannt. Jetzt ist der Wurm drin." Für die Schweiz habe ich eine naheliegende Erklärung. Aber für den übrigen deutschsprachigen Raum? Fehlanzeige. Ist sehr unbefriedigend. Und auf Dauer auch wirtschaftlich ein Risiko." Brenner blickt kurz auf. „Herr Paulson", resümiert er, „wenn ich Sie richtig verstanden habe, ist Dr. Langer über Ihre Angebote, Ihre Kalkulationen, Ihre Wunschkunden und so bestens informiert." „Stimmt", bestätigt Paulson, „der weiß wirklich alles. Wahrscheinlich mehr als ich. Der hat ja auch genügend Zeit, wenn er an der Uni herumsitzt." „Können Sie sich vorstellen", bohrt Brenner weiter, „dass Langer dabei ist, sich eine eigene Existenz aufzubauen? Außerhalb Ihres Unternehmens?"

Ohne groß nachzudenken erwidert Paulson: „Ach, wissen Sie, vorstellen kann ich mir theoretisch fast alles. Selbst dass die Eintracht mal wieder Deutscher Meister wird. Aber wie wahrscheinlich ist das? Sie meinen wirklich, der Langer? Hören Sie auf. Das wäre ja eine Katastrophe. Nein, das wäre ein GAU, nein, ein GAS." „Was, ein GAS?", unterbricht Brenner, „was ist denn das? Hab ich noch nie gehört." „**G**rößte **A**nzunehmende **S**auerei", klärt Paulson ihn auf, „aber das kann ich wirklich nicht glauben, noch nicht. Davon müssen Sie mich erst überzeugen. Unglaublich, der soll ein Maulwurf sein?" Paulson schüttelt den Kopf, streicht sich über die Haare und ergänzt mit ziemlich leiser Stimme: „Genau so unglaublich wie der Diebstahl der Unterlagen aus meinem Büro. Dass Tekla so etwas tut." Seine Stimme stockt. Jetzt ist Brenner fassungslos: „Was sagen Sie da? Ihre Frau hat Unterlagen mitgehen lassen? Wie sind Sie denn darauf gekommen? Dann haben wir es ja vielleicht mit mehreren Maulwürfen zu tun. Kennt Ihre Frau etwa den Langer?" „Können Sie vergessen. Die hat es nicht mit Akademikern. Die konnte den noch nie riechen. Das können Sie mir glauben. Die und der, das ist wie Feuer und Wasser. Nein, niemals." In diesem Punkt ist sich Paulson absolut sicher. „Brenner lässt nicht locker: „Bekanntlich sollen sich Gegensätze ja anziehen, Herr Paulson. Wäre nicht das erste Mal. „Nein, nein und nochmals nein, Tekla und Langer? Nie und nimmer. So wahr ich Stem Paulson heiße, nein". Paulson hat im Moment die Nase gestrichen voll. „Gut, dann schließen wir dies zumindest vorerst aus", resigniert Brenner, der gemerkt hat, dass es an dieser Stelle keinen Sinn macht, ihn weiter zu bedrängen.

Nach kurzem Zögern hebt Paulson seinen rechten Zeigefinger in Gesichtshöhe und sagt mit fester Stimme: „Heute Abend spreche ich mit Tekla. Und glauben Sie mir, die wird auspacken. Die wird mir alles beichten." „Herr Paulson", versucht Brenner zu bremsen, „machen Sie keinen Blödsinn. Keine Gewalt. Das bekommen wir auch anders hin." „Nein, nein", versucht Paulson Brenner klar zu machen, „da brauchen Sie sich keine Sorgen zu machen. Ich habe noch nie jemanden geschlagen." „Herr Paulson", ermahnt dieser, „für jeden Menschen gibt es Grenzen, Stresssituationen, in denen nur noch archaische Triebe das Handeln bestimmen. Überschätzen Sie sich nicht." „Nein", entgegnet Paulson in ziemlich scharfem Ton, „ich überschätze mich nicht. Zumindest in diesem Punkt nicht. Und ich sage Ihnen auch, warum ich mir da so sicher bin. Ich habe für mich eine Entscheidung getroffen, eine Grundsatzentscheidung: Tekla kann zu dem Typen ihrer Wahl gehen. Das interessiert mich nicht mehr. Dieses Kapitel ist für mich endgültig abgeschlossen. Ab sofort bin ich wieder zu haben. Und das mit den Kindern", er unterbricht seinen Redefluss, „das bekomme ich geregelt. Hab zwar keine Ahnung wie, aber auch das wird geregelt."

Brenner ist beeindruckt von Paulsons entschlossen klingender Entscheidung. „Ist das nicht ein bisschen sehr schnell?", fragt er nach. „Nein", bekommt er zu hören, „nein, das ist geklärt. Wenn ich jetzt nicht für klare Verhältnisse sorge, bin ich bald reif fürs Irrenhaus. Diese elenden Vermutungen, Verdächtigungen, Wahnvorstellungen machen mich noch kaputt. Ich will bei all diesem Mist nicht selbst draufgehen. Das Thema ist für mich durch. Für immer und ewig. Kapiert?"

Brenner hat verstanden. Das Thema Langer bleibt allerdings weiterhin offen. Paulson unterbricht das zwischenzeitlich eingetretene Schweigen: „Jetzt muss ich erst mal abschalten, runter fahren. Mich mental auf das Gespräch mit Tekla vorbereiten. Bitte haben Sie dafür Verständnis. Und – ich lasse natürlich sofort unseren Gesellschaftervertrag prüfen. „Okay" signalisiert Brenner, „ich wünsche Ihnen viel Erfolg für das Gespräch mit Ihrer Frau." „Ex-Frau", korrigiert ihn Paulson, „Sie müssen sich umstellen, Herr Brenner, Ex."

20. Machtspiele

Die im Vertrieb eingeleiteten Maßnahmen haben gefruchtet. Auch die Motivation der Mitarbeiter hat sich spürbar verbessert. „Eine Million, eine grandiose Idee von dem Paulson, hätte auch von dir sein können", meint Dr. Herrmann. Er blickt auf Karlsheim und bemerkt: „Auch uns hat der Beine gemacht. Ohne Übernahme einiger Konkurrenten hätten wir keine Chance gehabt. Ob der das alles von Anfang an überblickt hat? Wenn ja, dann ist er wirklich gut. Wenn nein, dann hat er eben Glück gehabt."

Karlsheim nickt sichtbar zufrieden: „Wie lange ist der nun schon für uns tätig? Wird wohl bald Zeit, ihn wieder loszuwerden. Du kennst meine Einstellung, dass ein Externer nie zu lange im Hause sein sollte. Auch die nutzen sich ab. Paulson allerdings, das gebe ich zu, ist ein Sonderfall. So, wie der sich persönlich hier reinkniet." „Das macht der wirklich", bestärkt ihn Dr. Herrmann, „erinnerst du dich an die Geschichte mit dem Brand in unserer Lagerhalle? Wie der es geschafft hat, kurzfristig die Interviews durchzuführen, unglaublich. Ich habe heute noch die Äußerungen der Geheimdienstleute im Ohr. Auch die waren überrascht. Und das sind die Letzten, die loben oder einem Honig ums Maul schmieren." „Da hast du Recht. Lassen wir den noch etwas für uns schuften. Hast du übrigens bemerkt, dass der mit seinem Rücken ganz ordentliche Probleme hat? So alt ist der ja auch noch nicht. Also, nutzen wir die Gunst der Stunde und lassen den weiter ackern", folgert Karlsheim. Sein Kollege bestärkt ihn: „Ich seh's genau so. Wir machen dem ordentlich Druck und halten den Kessel unter Dampf, solange der es noch bringt. Dann ist jetzt auch die Zeit reif, ihn detailliert in unser Südafrika-Projekt einzuweihen. Ich habe gehört, dass der neulich vor Ort gesehen wurde. Du wirst es kaum glauben, genau zur gleichen Zeit wie der Weiss."

Karlsheim macht auf total überrascht: „Was sagst du da? Der Paulson in Südafrika? Wo treibt sich der denn überall herum?" „Keine Ahnung", meint Dr. Herrmann, „der scheint jedenfalls gut vernetzt zu sein. Aber sag mal, hast du was gehört, wer den Weiss so hingerichtet hat?" „Ich? Warum ich? Bin ich für Ritualmorde zuständig?" Dr. Herrmann zuckt zusammen: „Ritualmorde? Aber lassen wir's. Ich muss nicht alles bis ins letzte Detail erfahren. Oder?" „Du bist der Boss", meint Karlsheim mit süffisantem Grinsen, „irgendein Bonus sollte auch dir zustehen."

Karlsheim steht auf, will sich auf den Weg zu seinem Büro machen, als Dr. Herrmann ihn um einen Gefallen bittet: „Wolf, einen Moment noch, du warst doch als Beobachter bei diesem Assessment Center dabei, an dem auch die Monika teilgenommen hat. Wie war denn dein Eindruck?" „Von was oder wem?", fragt der zurück, um dann doch fortzufahren: „Also, die Veranstaltung war wie immer von den Paulson-Leuten super organisiert. Alles bestens. Die Teilnehmer waren dagegen eher durchwachsen, Nachwuchs, der noch eine Menge lernen muss. Nur die Monika, die ist schon eine Klasse für sich. Hat auch die Jungs, die dabei waren, locker an die Wand gespielt. Und die anderen Mädels sowieso. Starke Frau!"

Dr. Herrmann blickt mit leicht erhobenen Augenbrauen zu seinem Kollegen: „Wolf, die hat es dir wohl angetan. Nur damit wir uns verstehen: Du lässt die Finger von ihr." Karlsheim macht auf missverstanden: „Ich doch nicht ich, Herrmann, du kennst mich doch." „Eben darum", entgegnet dieser, „genau darum. Und noch eins, sag mal, was ist mit deinem Tanner los? Der rennt in den letzten Tagen ja rum wie ein wild gewordner Stier. Den solltest du besser mal in Pamplona anmelden. Da würde der sicher ganz vorne landen. Aber jetzt im Ernst, ich habe gehört, dass der und die Birgit." „Was?", pfeift ihn Karlsheim an, „die Birgit mit diesem Proleten? Die hat doch ein ganz anderes Niveau. So ein Schmarrn. Wer hat denn diesen Blödsinn verzapft? Den lass ich in lebendigem Zustand betonieren." „Betonieren?", unterbricht Dr. Herrmann mit scharfer Zunge, „lieber Kollege, reiß dich zusammen und überlege dir lieber, wie wir die Energie von Tanner für unsere Zwecke nutzen können. Der war bisher immer loyal, stellt kaum Fragen, macht was ihm gesagt wird. Auch den sollten wir uns noch einige Zeit warmhalten. Und seine Weibergeschichten – das sollte doch für dich kein Problem sein, oder?"

Karlsheim ist erkennbar mit sich selbst beschäftigt. Nur langsam kehrt wieder Leben in sein fahles Gesicht: „Der Tanner und die Birgit, sauber, sauber. Aber du hast Recht. Wir müssen die beiden enger an die Kandare nehmen. Was hältst du davon, wenn wir Tanner gemeinsam mit Paulson in den Busch schicken? Da können sich diese zwei Alphatiere gegenseitig beharken. Nicht zuletzt Tanner könnte sich dort problemlos austoben. Ich habe gehört, dass die einen gewaltigen Frauenüberschuss haben. Außerdem HIV, oder täusche ich mich da?"

Dr. Herrmann schüttelt ungläubig den Kopf: „Wolf, Wolf, du bist ein verrückter Hund. Vor dir muss ich mich jetzt wohl auch noch in Acht nehmen." Karlsheim schlägt die Hacken zusammen und fährt mit grimmigem Blick seine rechte Faust aus: „Unser Projekt ‚Busch' läuft."

21. Der Kollaps

Im Restaurant ‚Käfer' hat Paulson einen Tisch für drei Personen reservieren lassen. Die Arbeit ist getan und soll zumindest heute Abend nicht im Vordergrund stehen. Wie üblich ist er etwas früher da, vor ihm steht ein Campari-Orange ohne Eis. In Gedanken ist er allerdings bei den letzten Worte des Bandscheibenspezialisten, die ihre Wirkung nicht verfehlt haben: „Die Entscheidung liegt ausschließlich bei Ihnen. Es ist letztendlich eine Frage Ihrer Lebensqualität. Mehr kann ich im Moment nicht für Sie tun. Aber wenn Sie sich für einen Eingriff entscheiden, ich bin bereit." „Aber ich nicht", stellt Paulson trotzig fest, „jetzt noch nicht. So schnell bekommt mich keiner auf die Schlachtbank."

In diesem Moment erscheint Brenner in ungewohnter Begleitung. „Nicht übel" denkt Paulson, „die kann sich sehen lassen." Brenner strahlt vor sich hin: „ Guten Abend, Herr Paulson, darf ich Ihnen Frau Sanchez vorstellen, Herrscherin über Zahlen und Nummern. Sie erinnern sich an unser letztes Gespräch?" Paulson lächelt zurück. Brenner lässt seiner Kollegin den Vorrang: „Ira Sanchez", sagt diese, „Herr Paulson, ich freue mich, Sie nun auch persönlich kennenzulernen." „Ganz meinerseits", erwidert dieser, „entschuldigen Sie bitte mein zögerliches Aufstehen. Mein Rücken beschäftigt mich mal wieder. Schön, dass Sie gekommen sind." „Ist doch selbstverständlich", meint Frau Sanchez, „ist ja eine böse Geschichte mit Ihrer Frau." „Ex-Frau", korrigiert Paulson sie sofort, „das Thema ist für mich durch. Aber setzen Sie sich doch bitte. Was wollen Sie trinken? Sie sind selbstverständlich eingeladen." „Nein, nein", mischt sich Brenner ein, „heute nicht. Sie sind unser Gast, Herr Paulson. Und kein Widerwort." Paulson stutzt und fügt sich etwas widerwillig seinem Schicksal.

Frau Sanchez legt dann auch gleich los: „Herr Paulson, sicher wollen Sie erfahren, wie wir auf Herrn Langer gekommen sind? Ja?" „Und ob", antwortet Paulson. „Das war gar nicht so schwer. Als der Chef mir die von Ihnen erstellten Psychogramme Ihrer Kunden, Mitarbeiter und so weiter übergab, fiel mir auf, dass Langer der Einzige war, bei dem Sie nichts Negatives vermerkt hatten. Daraus habe ich geschlossen, dass sich hier ein blinder Fleck verbergen könnte. Ich habe ihn angerufen und mich als potenziellen Auftraggeber ausgegeben. Und was glauben Sie ist passiert? Er ist sofort darauf angesprungen und wollte mich treffen. Habe ich natürlich abgelehnt und ihm stattdessen ein telefonisches Briefing gegeben. Und wen, raten Sie mal, hat er als Partner genannt? Gary Mayfield aus St. Gallen. Merkwürdiger Name für einen Schweizer. Habe dann kurz gegoogelt. Seine Homebase ist Südafrika. Was sagen Sie dazu?"

„Nicht viel", knurrt Paulson ziemlich gefasst, „den kenne ich. Absolut unzuverlässig." Er macht eine längere Pause und schüttelt den Kopf: „Jetzt brauch ich erst mal einen Cognac, einen ordentlichen. Ober, drei Carlos bitte." „Nein, nein, nicht für uns", bremst Brenner, „jetzt noch nicht." „Aber für mich", bestimmt Paulson, „einen Dreifachen, das ist mein letztes Wort."

Nach einer kurzen Pause fährt Paulson fort: „Leider kann ich das Thema ‚Langer' noch nicht ad acta legen, da mein Anwalt in unserem Gesellschaftsvertrag ein gewaltiges Manko festgestellt hat. Die uns damals beratende Sozietät, übrigens eine sehr renommierte Adresse in Frankfurt, hat schlicht und einfach den Passus über das Ausscheiden eines Gesellschafters vergessen. Ich muss mich jetzt mit diesem Kerl irgendwie gütlich einigen, ihm seine paar Prozent abkaufen. Der unterliegt in seiner Eigenschaft als Minderheitsgesellschafter wohl einem besonderen Schutz. Was sich der Gesetzgeber da gedacht hat? Wie dem auch sei, ich muss löhnen. Und das einem Betrüger, einem der meine Zahlen dem Südafrikaner gegeben hat."

Jeder am Tisch kann sehen, wie Paulsons Seele blutet. Erst die Story mit der Mutter seiner Kinder, dann dieser Vertrauensbruch. Paulson atmet tief durch, verharrt dann urplötzlich in einer etwas merkwürdigen Position: „Äh", stöhnt er auf, „einen Arzt ... bitte ... einen Arzt."

Er atmet nur noch stoßweise, hängt auf seinem Stuhl wie zur Salzsäule erstarrt. Tränen schießen ihm in die Augen, die sich zeitweise schließen. Dann röchelt er immer wieder vor sich hin: „Einen Arzt, bitte, schnell." Paulson ist komplett außer Gefecht gesetzt, unfähig, sich zu bewegen.

Der Krankenwagen ist nach kurzer Zeit da. Für Paulson fühlen sich diese wenigen Minuten allerdings wie eine halbe Ewigkeit an. „Kann mich denn niemand von diesen elendigen Schmerzen befreien?", fleht er zum Himmel, wohl wissend, dass noch einiges auf ihn zukommen wird. Er weiß, dass die Wirkung der Spritze erst nach Verzögerung eintreten wird. Dann durchzuckt ihn abermals ein spitzer Schmerz. Es ist, als ob ein Stilett durch seinen Körper dringt, ohne Vorwarnung, bis zum Anschlag.

Die Diagnose ist eindeutig: Bandscheibenkollaps. Mit der Konsequenz, dass sein linkes Bein ab der Hüfte taub ist. Kein Gefühl mehr. Er kann sich noch so sehr bemühen, es geht nicht mehr. Und was macht er? Er tut so, als ob nichts wäre und stürzt sich jetzt erst recht in seine Projekte.

22. Nahende Entscheidung

„Maria, wie lange kennen wir uns schon?" Ohne eine Antwort abzuwarten fährt Paulson fort: „Fast so lange wie ein altes Ehepaar, nicht wahr? Du hast die Querelen mit meiner Trennung mitbekommen, du weißt auch, dass ich eine andere Frau kennengelernt habe. Wir kennen uns bisher nur flüchtig, da sie mir gegenüber sehr reserviert ist. Vielleicht liegt das auch an ihrem Beruf. Wir haben uns bisher zwei Mal getroffen, aber ich habe das Gefühl, dass etwas nicht stimmt. Vielleicht liegt es nur an mir. Ich predige doch selbst, dass wir von Kindern, Kunden und Kollegen die Finger lassen sollten."

An dieser Stelle bremst Maria ihn ein, was nur in ganz seltenen Fällen vorkommt: „Chef, jetzt hör mal zu. Deine Prinzipien in allen Ehren, aber das geht zu weit. Du machst dich zum Sklaven deines eigenen Denkens. Geduld, kann man lernen. Ich wünsche dir das wirklich nicht, aber wenn es mit der OP nicht so klappt, wie du es dir vorstellst, dann wirst du genug Zeit haben, Geduld zu trainieren. Du hast uns jahrelang eingetrichtert, dass wir Grenzen nicht auf Dauer akzeptieren sollen, dass Grenzen ausgedehnt werden können, wenn man das wirklich will, wenn man sich Zeit nimmt und dafür was tut. Dann lebe mir das jetzt vor. Schönwetter reden kann jeder. Ich will nie wieder von dir hören, das kann ich nicht. Sei dann wenigstens so ehrlich und sage, das will ich nicht. So, jetzt bist du an der Reihe. Ich habe fertig."

Nach kurzer Erstarrung kann Paulson schon wieder lachen: „Maria, seit wann interessierst du dich für Fußballtrainer?" In diesem Moment ist er richtig stolz auf seine Assistentin. „Maria, du hast vollkommen Recht. Wenn ich jetzt kapituliere, gebe ich mich selbst auf. Das will ich nicht." Marias Gesicht hellt sich auf. Paulson ballt die rechte Faust und ist selbst von seiner klaren Ansage überrascht: „Es wird nicht mehr lange dauern, bis ich meinen Termin bekomme.

Ich warte täglich auf den Anruf der Klinik und hoffe, dass die Krücke dann endgültig aus meinem Leben verschwindet. Für immer und ewig. Und wenn nicht? Ich denke einfach nicht daran, dass was schiefgehen könnte." „Das wird schon", meint Maria, „du wirst das packen und dann wieder der Alte sein." „Maria", fragt er verdutzt, „wie kommst du denn auf den Alten? „Du musst nicht alles wissen", entgegnet sie, „kennst du die Szene aus dem Western ‚High Noon'?" „Ja, die kenne ich", antwortet Paulson mit einem gequälten Lächeln, „den haben sie kurzerhand erschossen." „Siehst du", sie grinst über das ganze Gesicht, „darum kann ich dir auch nicht alles sagen. Es ist nur zu deinem Schutz."

Paulson denkt kurz nach, um dann zu erklären: „Du wirst in den kommenden Wochen eine Menge zusätzliche Arbeit bekommen. Ich will, dass unsere Kunden nichts von meiner Abwesenheit mitbekommen. Alle Termine werden gehalten. Es wird nichts geschoben. Unser Laden läuft auch ohne meine persönliche Anwesenheit. Ist das klar? Du kannst mich jederzeit in der Klinik anrufen. Ich werde es da ohnehin nicht lange aushalten." „Ach Chef", schnieft Maria, „wenn du nur schon wieder zurück wärst." „Quark", korrigiert er sie, „ich bin doch noch gar nicht weg. Mach dich auf die Beine und hol uns einen Carlos. Den haben wir uns jetzt verdient. Kein Widerwort, ich weiß, das Zeug und meine Tabletten. Aber lange werde ich die nicht mehr nehmen müssen. Dann ist Schluss mit dem Stoff. Dann purzeln die Pfunde. „Chef", sagt Maria in fast schon euphorischem Tonfall, „ich notiere mir das in meinem schlauen Buch. Und dann gibt es kein Pardon mehr. Verstanden?" „Cheers".

23. Das Schmerzgedächtnis

Die Spezialisten in der Klinik haben mehrere Wirbel erfolgreich mit Titan Cages stabilisiert. Bereits eine Stunde nach der Operation wird Paulson aus dem Bett geholt. Die ersten Schritte stehen an - vom Bett zum Fenster und wieder zurück. Er kann es nicht fassen: Es geht beziehungsweise er geht. Und das ohne fremde Hilfe.

Schon nach wenigen Tagen wird Paulson auf eigene Verantwortung entlassen. Leider ist die Rehabilitation ein längerer Prozess. Es geht nicht von heute auf morgen, wie er sich das vorgestellt hat. Die OP-Wunde ist zwar schnell verheilt, doch heißt das nicht, dass Paulson sich wieder wie einst bewegen kann. Er muss jeden Schritt von Anfang an neu lernen, muss Geduld haben, mit der Muskulatur, seinem Körper, dem Genesungsprozess. Und vor allem mit seinem Kopf, der sich in den vielen Monaten vor der Operation ein umfangreiches Schmerzgedächtnis zugelegt hat.

Früher hatte er nicht die geringste Ahnung davon, dass es so etwas geben könnte. Nun wird er täglich eines Besseren belehrt. Die Motorik ist aus unerfindlichen Gründen eingeschränkt, etwas in seinem Kopf blockiert: „Das ist die Hölle. Ich will, aber ich kann nicht. Die Beine könnten, doch irgendetwas sagt nein." Paulson stiert immer häufiger vor sich hin und klagt: „Ich halte das auf Dauer nicht aus ... kapiere das nicht ... wie kann man nur dieses verfluchte Gedächtnis löschen ... das ist doch nicht mehr normal ... das ist alles verrückt ... ist alles bei dir verrückt? Der Kopf? Die Muskulatur? Die Motorik?"

Immer häufiger überkommen ihn dunkle Gedanken, das Gefühl, dass alles sinnlos ist. Dann liegt er stundenlang im Bett, hässliche Fratzen, skurrile Landschaften, bizarre Felsformationen sausen in Windeseile durch seinen Kopf, eine Mischung aus Déjà-vu und Phantasie. In diesem Stadium ist er nicht mehr Herr seiner Gedanken. Wenn Paulson dann ins Jetzt zurückkommt, steht gnadenlos die Frage im Raum, wer oder was ihn nun wieder geritten hat. Fehlende Antworten bestärken sein Gefühl, dass er immer häufiger fremdgesteuert wird. „Bist du auf dem besten Weg verrückt zu werden?", fragt er sich nicht nur dieses Mal.

24. Haschee auf der Promenade

Krisensitzung. Karlsheim ist ein Mensch, der es hasst, Fehlentscheidungen eingestehen zu müssen. Aber hier ist die Sachlage klar. „Birgit", ätzt er, „was ist los mit Ihnen? Wo ist Ihre Menschenkenntnis geblieben? Sie enttäuschen mich auf der ganzen Linie." Paulson stutzt, bisher hat Karlsheim Frau Dr. Berger immer geduzt, und nun?

„Herr Karlsheim", mischt er sich ein, „entschuldigen Sie meine Intervention. Diese Personaldiskussion kostet uns zwar jetzt einige Monate in der Umsetzung. Aber dafür liegen wir in den anderen Einheiten bereits über Plan. Bis zum Jahresende können wir das unter dem Strich noch hinbekommen. Allerdings nur, wenn jetzt unverzüglich hier etwas passiert." Karlsheim blickt auf und nickt: „Machen Sie weiter wie bisher. Sie haben ja Recht. Und hier räume ich jetzt persönlich auf. Birgit, lassen Sie sofort diese Versager antanzen. Die werden rasiert. Wir machen jetzt, was bereits früher hätte getan werden müssen, Frau Dr. Berger." Birgit sitzt regungslos mit dem Blick eines Trotzkopfes auf ihrem Stuhl. Paulson wirft einen kurzen Blick in die Runde, steht auf und verabschiedet sich mit den Worten: „Sie gestatten? Bis später dann beim Abendessen."

Die beiden erscheinen pünktlich wie immer. Die Überraschung des Abends präsentiert Karlsheim, der heute den schweren Rotwein ohne Ende in sich hineinkippt. Auch Frau Dr. Berger ist gut in Form, allerdings mit leicht angezogener Handbremse. Eine Karaffe nach der anderen findet ihren Weg, insbesondere zu Karlsheim, der mittlerweile mit zunehmenden Artikulationsproblemen zu kämpfen hat. Zum Glück macht Frau Dr. Berger bald den Vorschlag, in Richtung Hotel aufzubrechen. Paulson begleicht die Rechnung. Dann versucht er mitzuhelfen, Karlsheim auf die Beine zu stellen.

„Nau Problem", lallt dieser, „let's go!" Er beginnt zu grö-
len: „Lesch schpend de nait dogede, nau I niiii you …". Dr.
Birgit Berger und Paulson packen ihn am Oberarm um ihn
halbwegs geradeaus auf die Uferpromenade zu führen. Ein
wahrlich nicht leichtes Unterfangen. Nach wenigen Metern
bleiben die Drei kurz stehen. Frau Dr. Berger schaut sich
hilfesuchend um. In diesem Moment fährt Karlsheim sein
rechtes Bein aus, verharrt in leicht gebückter Haltung: Ein
furchterregender, dumpfer, lang anhaltender Furz erschüttert die halbe Stadt, gefolgt von einer Salve etwas schwäche-
rer Geschütze. Paulson verweilt konsterniert in halbwegs si-
cherem Abstand. Karlsheim, ein Mann von Welt, immer in
feinem Zwirn und handgefertigten Schuhen unterwegs,
maßgefertigtem Hemd, hellgrauem Designeranzug, steht
hier auf der Promenade, inmitten von fassungslosen Passan-
ten. Und dieser Schöngeist furzt ungeniert, schlimmer und
heftiger, als jeder Bastard.

Dr. Bergers Augen flehen geradezu um Hilfe als der feine
Herr nun seine Hose zu entledigen versucht. Das misslingt
jedoch aufgrund seiner Hosenträger. Es kommt, wie es
kommen muss. Paulson versucht noch, ihn am linken Arm
zu stützen, als Karlsheim mit lautem „Rrrrrraaaa" im Zeitlupentempo nach vorne kippt. Da er die Hände immer noch
an der Hose hat, kann nichts seinen Sturz aufhalten. Birgit
Berger wird mitgerissen und landet halb auf Karlsheim lie-
gend, halb auf der Promenade. Ein Bild für Götter eröffnet
sich Paulson. „Warum habe ich jetzt keine Kamera dabei?"
Statt eine Antwort zu suchen versucht er indessen, Frau Dr.
Berger zu unterstützen, die sich mittlerweile von dem ersten
Schreck erholt hat. „Wolf", will sie wissen, „geht es dir gut?"
„Blöde Frage", denkt Paulson, „das sieht doch jeder, wie es
dem geht." Karlsheim liegt noch einige Sekunden in der sicher auch für ihn ungewohnten Umgebung, mitten in einem
atomisierten Balkanspieß mit Reisbrei und Gurkenhaschee.

Dann rappelt er sich langsam wieder hoch, kräftig unterstützt von Frau Dr. Berger und Paulson. Mit vereinten Kräften schleifen die Beiden die mehr oder weniger bewusstlose Gestalt in Richtung ihres Hotels.

Für den wunderschönen Sternenhimmel über der Adria hat an diesem Abend keiner der Beteiligten einen Blick. Die Romantik muss warten.

Endlich erreichen sie das Hotel. Vor dem Aufzug überlässt Paulson Birgit Berger die weitere Regie. „Bis morgen dann, Frau Doktor", verabschiedet er sich rasch, „und gute Nacht." Er nimmt die Treppe und spürt plötzlich wieder seinen Rücken. Der Transport von Karlsheim war bestimmt nicht in seinem Therapieplan vorgesehen. Paulson liegt noch lange wach im Bett und grübelt über die Ereignisse von heute. Sein Kopf brummt, er fühlt sich ausgepowert, hat andererseits aber das Gefühl, zu müde zum Schlafen zu sein. Gedankenfetzen schwirren mal wieder durch seinen Kopf. Es gibt weder Anfang noch Ende, vergleichbar mit einem in Aufruhr geratener Bienenschwarm, der sich immer mehr verselbständigt und nicht mehr zu bremsen ist.

Als Paulson frühmorgens von seinem Wecker geweckt wird, findet er auf dem Nachttisch ein kleines Chaos vor: Die Packungen von Paracetamol, Opipramol, Stillnox sowie eine leere Wasserflasche liegen zerstreut auf dem Boden inmitten seiner Kleidung. „Was ist passiert?"

Er kann sich keinen Reim darauf machen, kontrolliert die Zimmertür. Sie ist verschlossen, der Schlüssel steckt von innen. Alles scheint wie immer zu sein. Doch irgendetwas stimmt nicht, ist anders als sonst. Er beginnt das Zimmer abzusuchen, öffnet den Schrank, die beiden Sideboards. Dann nimmt er das Bad unter die Lupe. Ihm schaudert, als er sieht, wie es hinter der Toilette aussieht. Er blickt irritiert nach oben zur Decke, späht nach Wanzen oder was auch immer. Dann geht er langsam in sein Zimmer zurück, nimmt einen Stuhl, besteigt diesen und versucht, den Schirm der Lampe abzuschrauben. Er fühlt sich schlecht, alles beginnt sich zu drehen.

burn out

25. Rettungsschirm

Zurück im Büro, es war eine mehr als merkwürdige Dienstreise an die Adria, holt Paulson sich den Entwurf seiner neuen Unternehmensbroschüre auf den Schirm. Schon nach dem Lesen der zweiten Seite verliert er jegliche Lust. Inhaltlich ist der Text ja in Ordnung, aber er ist so langweilig, so wenig anregend geschrieben. „Warum muss ich immer für andere mitdenken? Meinen Kopf für alles hinhalten? Kein Wunder, dass der immer dicker wird", seufzt er vor sich hin und ist froh, dass kein Spiegel in der Nähe ist.

Kurze Zeit später erschrickt er bei einem Besuch auf der Toilette: „Musste es so weit kommen? Ein Fass von Bauch, das Gesicht eines Sprösslings aus der Dynastie von JR, Doppelkinn, Tränensäcke und aufgedunsene Backen. Ein Bild zum Abwinken. Kein Wunder, dass du solo bist."

Paulson dreht sich wortlos um, lässt die Toilettentür ins Schloss fallen, versucht schwer atmend sich am rechten Türrahmen festzuhalten: „Nein, nein und nochmals nein. Ich kann nicht mehr. Und ich will auch nicht mehr." Er starrt vor sich hin, gleitet langsam zu Boden.

Paulson sieht aus dem Nebel hervortretend Bilder sich bewegen, eine Fräse, die sich durch Knochen frisst, sich einen Tunnel gräbt, eine Frau, die weit entfernt auf einem Turm thront, ein Mann, auf den Kanonen gerichtet sind, eine Staubwolke, aus der zuerst ganz klein, dann immer größer werdend eine Marionette erscheint, dirigiert von einem laut Furzenden, rittlings auf einer Schwarzhaarigen. Als er wieder zu sich kommt, kniet Maria neben ihm. Sie hat Tränen in den Augen.

Tage später sitzt Paulson am Rheinufer in Biebrich. Seine Ärzte haben versucht ihm klar zu machen, was sein Bauch schon länger signalisierte: Eine neue Zeitrechnung ist angebrochen. Und er hat auch schon ein neues Kraftfeld gefunden: Eine alte Linde. Das ist nun der Ort, den er immer dann aufsuchen möchte, wenn er spürt, dass seine Gehirnladungen nach einer Auffrischung lechzen, er eine besondere Inspiration braucht.

Nachdem Paulson viel Zeit in ein anstehendes Impulsreferat für seinen ältesten Kunden investiert hat, will er nun die Früchte genießen und gönnt sich ein letztes Lesen seines Werkes. Es ist ein Tick von ihm, Generalproben immer ohne Publikum aufzuführen. Leitidee ist diesmal ein Zitat von Marcel Proust:

Die wahre Entdeckungsreise besteht nicht darin, neue Landschaften zu suchen, sondern mit neuen Augen zu sehen.

Der Text passt. Er schließt für einen kurzen Moment die Augen, genießt die wärmenden Strahlen der Abendsonne. Es ist vollbracht. Und er hat das Gefühl, dass es wieder mit ihm aufwärts geht. „Habe ich noch eine Chance?", fragt er vor sich hin, „und kann ich sie auch nutzen?"

Stem Paulson war sich der positiven Seite seines Lebens schon bewusst. Anders sah es mit den gesundheitlichen Risiken aus. Die wollte oder konnte er nicht sehen. Sein Fokus war unverändert stur nach vorn gerichtet, ein Meister der Verdrängung. Der Ur-Vater aller Psychologen hätte sicher seine Freude an ihm gehabt.

Die Sonne ist am Untergehen. Paulson richtet sich vorsichtig auf, streckt sich und nimmt abschließend die Holzbank ins Visier: „Meine Bank", schmunzelt er, „sie ist einmalig. Wahrscheinlich die einzig wirklich sichere Bank. Die braucht bestimmt keinen Rettungsschirm."

26. London im Nebel

Karlsheim schaut aus seinem Fenster in ein tristes Grau. Es regnet seit Tagen. Er schüttelt sein ergrautes Haupt, murmelt vor sich hin: „Das ist nicht zu fassen. Das ist unglaublich. Das ist der Hammer. Wie tief ist die Menschheit doch gesunken? Gut, dass zumindest wir noch an das Gute in der Welt glauben. Die Arbeit am ‚Rauen Stein‘ ist in der Tat nicht einfach, aber lohnenswert", bestärkt er sich, „wir kämpfen für eine bessere Welt. Eine Welt, in der Werte wie Brüderlichkeit, Treue und Verschwiegenheit noch zählen."

Vor ihm auf einem Designertisch liegt das letzte Protokoll der internen Revision. „Wie gut, dass die darauf bestanden, auch Paulson und seine Leute unter die Lupe zu nehmen. Vor dem scheint hier überhaupt nichts mehr sicher zu sein." Er liest noch einmal, ganz langsam, die Zusammenfassung über Michael Schmid alias Michel Clement alias Mikael Sanson alias Mikel O'Fennan alias Mikael Dimitry Norchevsky. Schmid ist im Besitz mehrerer Reisepässe. Diese wurden in einem schweinsledernen Aktenkoffer entdeckt, der achtlos in einer Ecke des Projektbüros stand. Weitere Recherchen haben ergeben, dass Schmid in der Szene wahrlich kein Unbekannter ist. Er hat den Berichten zufolge schon für mehrere Dienste gearbeitet, es jedoch immer wieder geschafft, genau im richtigen Moment abzutauchen. Schmid ist exzellent ausgebildet, ein Ex-Marine, vorzügliche Allgemeinbildung, Studium der Politologie und Germanistik in Göttingen und Tübingen, Einserexaminas. Ein Sprachtalent, berechtigt an russischen Universitäten zu lehren. Sein genaues Alter ist unbekannt, den Pässen zufolge zwischen zweiunddreißig und dreiundvierzig Jahren. Gesichtsoperationen oder einfach nur gute Gene? Alles ist denkbar.

Auch Paulson ist Schmid bis heute ein Rätsel geblieben. Klar, er hatte immer wieder von „CYA" gesprochen. Als er ihn daraufhin angesprochen hatte, grinste der unverhohlen: „Boss, this means", er machte eine längere Pause, „cover your ass." Um dann in perfektem Deutsch zu erwähnen, dass man dies in seiner ganzen Bedeutung nicht eins zu eins übersetzen könne. Englisch sei eben nicht so direkt, so hart, mehr kosmopolitisch.

Paulson hatte ihn kennengelernt über eine kleine Anzeige im Wochenblatt: „Native Speaker hat freie Kapazitäten. Angebote unter Chiffre." Er war höflich, zurückhaltend, fragte wenig, wusste viel und zeigte sich sehr lernfähig. Kurzum eine Idealbesetzung. Und teuer war er auch nicht. Der Grund für seine Bescheidenheit sollte sich Paulson erst sehr viel später erschließen.

Es ist eine merkwürdige Situation. Karlsheim denkt, dass Paulson und Schmid gemeinsame Sache machen, im Auftrag von wem auch immer. Paulson wiederum ist sich ziemlich sicher, dass Karlsheim hinter den vielen Zufällen steckt, zumindest einigen davon. Ob Dr. Herrmann etwas von der Geschichte mit Schmid weiß, ist Paulson nicht bekannt. Er will prinzipiell nicht Alles wissen und hatte wörtlich zu Karlsheim gesagt: „Wolf, ich will meine weiße Weste behalten. Mach du mal das mit denen. Du kennst dich da besser aus. Ich kümmere mich lieber um unser Meisterstück. Wenn wir das hinbekommen, lachen wir nur noch über diese eine Million. Dann spielen wir in einer ganz anderen Liga. Ich bin mir sicher, dass wir das packen können. Aber eines musst du mir noch versprechen, Wolf." Karlsheim ist gespannt, was kommen wird. Sein Kollege blickt ihm tief in die Augen: „Du musst noch einmal ein Auge zudrücken, von deinem Grundsatz abweichen, Berater nicht länger als zwei Jahre bei uns wirken zu lassen. Mach nur eine einzige Ausnahme. Den Paulson dürfen wir gerade jetzt nicht an die Konkurrenz verlieren. Du weißt, die sind an dem dran. Einige sind richtig heiß auf diesen Wunderknaben aus?" Dr. Herrmann stockt. „Sag mal, von wo stammt der überhaupt? Deutschland, Österreich, Schweiz?" Karlsheim lächelt und antwortet: „Herrmann, vielleicht kommt der aus dem ehemaligen Deutschafrika oder sonst irgendwo aus dem Busch. Aber Scherz beiseite, der ist nicht reinrassig. Besitzt aber einen deutschen Pass. Mehr weiß ich nicht. Unsere Interne ist an dem dran. Bald wissen wir, wer der Herr tatsächlich ist und vor allem für wen der arbeitet. Der hat vor drei, vier Jahren seine eigene Firma gegründet und lebt nun im Raum Frankfurt."

„Was?", entfährt Dr. Herrmann, „Deutschafrikaner? Kein Wunder, dass der so durchsetzungsstark ist. Wenn ich ein Raubtier im Stammbaum hätte." Er wird von Karlsheim mild lächelnd unterbrochen: „Das wäre dann doch zu viel des Guten, meinst du nicht auch?" Dr. Herrmann strahlt: „Wolf, wir verstehen uns. Also, mach dem Paulson Beine. „Jawohl", attestiert ihm Karlsheim. „Der wird laufen."

Auf dem Weg zum Besprechungsraum im zehnten Stockwerk hält Karlsheim kurz inne: „Das mit dem Paulson wird genauso gemacht, wie Gernot das wünscht. Aber er hat nicht davon gesprochen, dass auch dieser Schmid länger sein Unwesen bei uns treiben soll. Dem könnte es sehr bald kalt werden. Oder doch eher heiß? Bei extremen Temperaturen sollen Bremsseile ja besonders gefordert sein." Er lächelt vor sich hin: „Wolf, warum denkst du gerade jetzt an den Umbau in Tschechien?"

Karlsheim öffnet schwungvoll die Tür, geht schnurstracks zum Telefon: „Hallo? Hallo, Rolf."

27. Der Unfall

Paulson fröstelt. Er ist im Morgengrauen in einem kalten Plastiksessel aufgewacht, blickt orientierungslos um sich: „Was ist los? Wo bin ich?" Die Schmerzen im Nacken und in der rechten Schulter führen ihn schnell in die Realität zurück. Er ist gestern Abend im Airport eingeschlafen und hat seinen Rückflug nach Frankfurt verpasst. Paulson ist sich im Klaren darüber, dass er in seinem Leben etwas ändern muß. „Aber was?", hört er sich immer häufiger fragen. „Was?"

Kaum im Büro zurück schreckt ihn das Telefon auf. Es ist Frau Pohmer: „Bei uns ist schon wieder was passiert. Ein Unfall auf der Baustelle. Ein Kranseil ist gerissen. Es soll Tote und Verletzte geben. Auch ein Mitarbeiter von Ihnen soll dabei sein. Mehr weiß ich nicht." Monika Pohmer ist völlig außer Atem. Paulson lehnt sich in seinem neuen bandscheibengerechten Sessel zurück und atmet tief durch. „Herr Paulson, sind Sie noch am Apparat?", hört er. „Ja, ja. Kann ich etwas für Sie tun, Frau Pohmer?" „Nein", meint diese, „ich halte Sie auf dem Laufenden. Bis dann." Piep, piep.

„Schon wieder", stellt Paulson lakonisch fest, „komisch, woher wissen die, dass einer von uns unter den Verunglückten ist?" Auf die Schnelle ist das für ihn nicht nachvollziehbar. Unbewusst faltet er seine Hände, richtet den Blick nach oben zur Zimmerdecke. Die Sache lässt ihn nicht los: Leo ist kurzfristig für Schmid eingesprungen. Und gerade jetzt passiert dieser Unfall?

Nach dem Lesen einiger Literatur über Geheimgesellschaften ist Paulson misstrauischer geworden, glaubt nicht mehr unbedingt an Zufälle. „Gibt es überhaupt so etwas wie Zufall?", will er wissen, „oder fällt es einem zu, weil man es selbst anzieht oder es so sein soll? Wenn es aber so sein soll, dann steckt eine Absicht dahinter. Und wenn eine Absicht dahintersteckt, dann gibt es auch Interessen. Interessen von wem? Von Außerirdischen kaum, also von Menschen wie du und ich, Dr. Hermann und Karlstein."

Paulson ist mal wieder in eine Art Flow geraten. Manche bezeichnen dies als mentalen Orgasmus, ein Hochgefühl, wofür sich Marathonläufer die Füße platt laufen. Er sinniert: „Und dann auch nur vielleicht. Du sitzt hier bequem in deinem Sessel und bekommst das Gleiche quasi zum Nulltarif. Ist das nicht verrückt?"

Spät am Nachmittag erreicht ihn eine Email von Leo:

„Das war knapp stop komme früher zurück stop wir reden darüber stop mach die Schotten dicht stop die Augen auf."

„Jetzt haben wir den Mist", knurrt er zornig. Er beißt die Zähne zusammen bis diese zu knirschen beginnen: „So ein elendiges Pack. Wollen eine bessere Welt schaffen. Und wie? Heucheln, morden, hinterlassen auf ihrem Weg Elend, Not, Sorgen bei den Betroffenen. Was sind das für Menschen, die nur an sich selbst und den Erhalt ihrer popligen Macht denken. Falls die überhaupt noch denken können. Wahrscheinlich hat man denen schon lange das Hirn rausgeblasen. Die führen blind Befehle aus, haben nichts gelernt aus der Vergangenheit, nicht einen Deut. Verblendete. Wie soll man sich denn gegen rohe Gewalt wehren? Mit Worten, wie der Dalai Lama? Die lachen über den doch nur und laden nach. Mit Waffen? Aber dann begibt man sich doch nur auf die gleiche Stufe wie diese Typen. Und dann? Dann rotten wir uns gegenseitig aus. Was eine tolle Perspektive." Eine tiefe Leere macht sich in seinem Kopf breit.

28. Die Entgiftung

Paulson quält sich aus seinem Sessel, versucht eine einfache Beuge . Er belässt es bei einem Versuch. „Diese Wirbel, wer hat sich diesen Mechanismus nur ausgedacht? Ich verzweifle noch. Erst die Lende und nun das. Nehmen diese Schmerzen denn kein Ende? Ich kann mich doch nicht schon wieder von diesen Zeug abhängig machen. Was habe ich nur verbrochen, dass der da oben mich schon wieder einer Prüfung unterzieht? Warum denn nur, und warum immer ich?"

Normalerweise kann Paulson Jammern nicht ab. Aber heute ist es mal wieder besonders schlimm. Die Schmerzen strahlen über die linke Schulter in die gesamte Halsmuskulatur. Zudem dröhnt sein Kopf unentwegt.

Ist es ein Zufall, dass er am folgenden Tag einen Fastenwanderführer in der kleinen Buchhandlung in der Burgstraße entdeckt, der herrenlos auf dem Tresen herumliegt? Auf der Rückseite liest er, dass der freiwillige und vorübergehende Verzicht auf feste Nahrung und Genussmittel den Körper von Giftstoffen und überflüssigen Fettpolstern befreit, den Geist erfrischt und das seelische Gleichgewicht fördert. Das hört sich gut an. Nun weiß er, was zu tun ist. Am kommenden Sonntag geht es los.

Das Kurheim im Schwarzwald ist nach zwei Stunden Fahrtzeit erreicht. Gleich um zwanzig Uhr hat Paulson zur ärztlichen Eingangsuntersuchung anzutreten. „Das hört sich professionell an", befindet er, „seit wann arbeiten Kurärzte auch sonntags?" „Herr Paulson!" Eine nette Dame, nimmt ihn freundlich in Empfang und erkundigt sich nach seiner Vorgeschichte. Dann fragt sie plötzlich: „Was nehmen Sie zur Zeit für Medikamente?" Paulson zuckt kurz, antwortet ohne nachzudenken: „Ich, Frau Doktor, ich nehme zur Zeit nichts. Ich fühle mich ohne ganz gut." „So, so", meint diese,

„wenn Sie das sagen. Hoffentlich bleibt es auch so. Ich vermerke also auf ihrem Patientenbogen: keine Medikamente. In Ordnung, Herr Paulson?" „Ja ja", grummelt der, „ich bin in Ordnung." Dann geht es auf die Waage. Der Zeiger beruhigt sich erst bei einhundertundzwanzig Kilogramm. „Nicht schlecht", meint Frau Doktor, „weniger wäre besser."

Zu einem Kommentar dazu kann Paulson sich nicht aufraffen, da er immer noch mit seiner Antwort zu den Medikamenten beschäftigt ist. „Warum habe ich gelogen?"

Paulson sollte während der gesamten Nacht keine plausible Antwort finden.

29. Entzug

Die beiden ersten Fastentage sind wie angekündet schwierig. Bereits am ersten Tag überfällt ihn spätnachmittags ein unglaublicher Hunger. Er hätte alles verschlingen können, wenn er nur etwas gefunden hätte. Kühlschrank gibt es leider keinen in seinem spartanisch eingerichteten Zimmer. Am zweiten Tag wird das Hungergefühl überschattet von fürchterlichen Kopfschmerzen. Die Fastenleiterin hatte bereits in ihrer ersten Ansprache angekündet, dass die hier anwesenden Kaffeetrinker, und es sind nahezu alle, am zweiten Tag mit starken Kopfschmerzen rechnen müssen. Das würde sich dann zwar gegen Abend legen, aber Entgiftung wäre eben mal mit gewissen Begleiterscheinungen verbunden. So weit so gut. Sein zweiter Tag ist in der Tat nicht besser als der erste: Bei einem täglichen, regelmäßigen Kaffeekonsum von zehn bis zwölf Tassen kann der Brummschädel nicht kleiner ausfallen.

Zum Glück trifft aber auch die Prognose bezüglich der Dauer der Kopfschmerzen zu und das Schädelbrummen weicht gegen Abend. Dafür beflügelt ihn völlig unerwartet eine seltsame Leichtigkeit, fast wie Engel Aloisius in dem Schwank „Ein Münchner im Himmel". Vor seinem inneren Auge erscheint er selbst auf einer Wolke sitzend und dahin schwebend. Ein Blick nach unten ... hä? Ein Auto ohne Insassen? Kein Fahrer? Sein Auto? Er hört undeutlich Stimmen, die über Verdauung, Verstopfung, Vergiftung reden.

Dann ertönt plötzlich „Piep, piep, piep". „Oh Gott, wo bin ich hier?" Paulson blickt verschreckt an der Zimmerdecke entlang, bleibt kurz in Gedanken am Fenster stehen: „Sonnenuntergang? Sonnenaufgang? Aufstehen? Wo kann man das Ding abstellen?" Schlaftrunken tastet er auf dem hölzernen Nachttisch herum. Dann versucht er sich zur Seite zu drehen: „Ah, nein, bitte nicht schon wieder. Mein Hals." Im

Zeitlupentempo geht es wieder in die Horizontale zurück. Er atmet mehrmals tief durch. Zum Glück lässt der Schmerz allmählich nach. „Schwein gehabt", denkt er.

Dann meldet sich eine ganz andere Körperregion. Er erfasst sofort die prekäre Situation: „Das Glaubersalz, gestern Abend." Sein Kopf ist blitzartig klar, glasklar. „Ab auf den Eimer" und macht sich mit kleinen Schritten auf den Weg in die Nasszelle. Was dann folgt, bedarf keiner Worte. Eine Attacke nach der anderen. „Jetzt geht wohl alles nur noch im Raketentempo", stöhnt er.

Ein merkwürdig säuerlicher Geruch macht sich um ihn herum breit. „Eklig", es würgt ihn, „was habe ich nicht alles in meinem Körper gehortet?" In diesem Moment wünscht er sich nur eines: Seine Verdauung wieder unter Kontrolle bringen und dann raus aus dem fürchterlichen Gestank. Er wagt sich einige Schritte aus der Nasszelle, sieht ein kleines Fenster direkt hinter dem Holztisch. Er reißt es auf, erhofft sich eine Linderung der Atemprobleme.

„Einatmen, ausatmen, Schultern fallen lassen. Einatmen, ausatmen, Schultern fallen lassen." Dann werden seine Atemübungen abrupt unterbrochen von der nächsten Attacke. „Hat das denn überhaupt kein Ende?"

In diesem Augenblick fühlt er eine innige Seelenverwandtschaft mit dem großen Physiker Albert Einstein und dessen Relativitätstheorie, insbesondere im Hinblick auf den Faktor Zeit: „Fünf Minuten vor einer Toilette sind etwas ganz anderes als fünf Minuten danach. Zeit ist nie objektiv, nein, Zeit ist immer subjektiv. Es kommt nur auf die Perspektive und die Situation des Betrachters an." Der kleine Philosoph ist mal wieder in Paulson erwacht. Oder ist es doch nur der Pragmatiker?

Ein Blick auf seine Uhr genügt: „Verdammt, schon zwanzig vor sieben. Das fängt ja gut an." Er hastet aus seinem Zimmer in Richtung Frühstücksraum. Dabei prallt er frontal mit jemand zusammen, der in der Gegenrichtung unterwegs ist. „Sie?", hört er, „früh am Morgen schon so stürmisch?" „Hä?" Paulson stehe da wie ein begossener Pudel. „Sie?" Die Antwort: „Gestatten, Rolf Tanner?"

„Das kann doch nicht wahr sein", stammelt er, „eine Fata Morgana? Drehe ich jetzt endgültig durch?" Tanner steht leibhaftig vor ihm. Er hat sich ziemlich verändert, etliche Kilogramm weniger auf den Rippen, gepflegter Vollbart. „Herr Paulson", antwortet dieser, „gehen Sie jetzt zu Ihrer Morgengymnastik. Wir sehen uns später." „In Ordnung", nuschelt Paulson und versucht sich wieder einzufangen.

Im Innenhof angekommen schließt er sich unauffällig der Gruppe an, die gelehrig den Anleitungen einer älteren Dame folgt. „Oh Gott", überkommt es ihn, als er mit ansehen muss, wie geschmeidig und gelenkig die Vorturnerin ihre Übungen zelebriert. Er blickt verstohlen nach links und rechts – zum Glück sehen die Bewegungen einiger Mitturner nicht ganz so bedrohlich aus. Manch einer hat seine Qual mit den Verrenkungen, wobei die anwesenden Frauen eindeutig im Vorteil scheinen. „Der liebe Gott hat denen wohl ein Beweglichkeitsgen zusätzlich geschenkt", grummelt er, „und was haben wir Männer dafür mehr bekommen?"

Am Nachmittag steht eine längere Wanderung auf dem Programm. Paulson geht leger gekleidet in Jeans und Sportschuhen zu dem vereinbarten Treffpunkt, rechts von der kleinen Kapelle, die zu dem Erholungsheim gehört. Ein Blick in die Runde bringt ihn zum Stutzen: Es sind keine normalen Menschen versammelt, nein, es sind hochprofessionell ausgerüstete Outdoorfreaks in voller Marschausrüstung. Direkt vor ihm eine ältere Dame: Bergstiefel, handgenäht, auf jeden Fall wasserresistent, Teleskopstöcke mit geflochtener Schleife am oberen Ende, Outdoorhose mit Dreifach-Zippverschluss, khakifarben, Funktionsshirt mit Zippverschluss am Oberarm, Windjacke Marke Mount Everest mit unzähligen Taschen, Klett- und Reißverschluss, abnehmbare Kapuze, darunter ein Trinkrucksack mit doppeltem Saugzubehör, wahrscheinlich wüstenerprobt, sowie ein Rucksack mit dem Fassungsvermögen für eine drei- bis vierköpfige Familie. Paulson kalkuliert kurz und stellt fest, dass in dieser Ausrüstung mindestens der Gegenwert eines Kleinwagens stecken muss. Diese Dame ist in der Runde kein Einzelfall. Es gibt nur einen Exoten, und der ist Stem Paulson: „Hatte ich in der Einladung irgendetwas überlesen? Hatte ich die Einladung überhaupt im Detail gelesen?"

Paulson ist immer noch mit sich selbst beschäftigt, als der Tross sich in Bewegung setzt. Kurzerhand ordnet er sich im hinteren Drittel ein und wartet erst mal ab, was passieren wird.

Nach einer knappen Viertelstunde ist er erleichtert, da das Marschtempo akzeptabel ist. Störend findet er die vielen kurzen Pausen, bedingt durch hektisches Ausbrechen einzelner Fastenwanderer in die Büsche. Kurze Zeit später sitzt er selbst hinter einer dicken, knorpligen Eiche. Ärgerlich ist, dass es in diesem Wald kein Toilettenpapier gibt. Seine Versuche mit einigen herumliegenden Blättern sind aller Ehren wert, jedoch wenig hygienisch. Er wünscht sich in diesem Moment sehnlichst einen kleinen Bach mit Frischwasser herbei. Das wäre schön. Aber es muss auch ohne gehen. Zumindest vorläufig.

Er hört sich fragen: „Was braucht ein halbwegs zivilisierter Mensch, um glücklich zu werden", als ihn eine Stimme von hinten erreicht: „Herr Paulson, nehmen Sie doch das. Gestern gekauft. Hier!" Er blick sich ungläubig um - Tanner. „Das ist ja super, aber", er zaudert, „hat der gelernt, Gedanken zu lesen?" Paulson ist irritiert und verunsichert. „Was soll's?", entscheidet er und nimmt dankend das Hygienetuch. Danach wird weiter marschiert.

30. Hilfeschrei der Seele

Seine Ungeduld wächst von Minute zu Minute. Wer beginnt als Erster zu reden. Nichts passiert. Paulson muss immer häufiger zu Tanner hinüberschauen. In sich ruhend schreitet dieser Schritt für Schritt dahin. Nichts deutet auf ein Gespräch hin. Bei ihm baut sich dagegen eine innere Anspannung auf, lechzt nach Entladung: „Warum redet der nicht mit mir? Also kann der doch keine Gedanken lesen. Und überhaupt. Warum muss ich denn jetzt unbedingt quatschen? Ich bin doch zur inneren Reinigung hier und nicht zum Reden. Warum nimmt mich dieser stille Mensch von Minute zu Minute mehr in Besitz?"

Er erinnert mich an ein kürzlich gelesenes Zitat von Friedrich Nietzsche: „Wer sich nicht auf der Schwelle des Augenblicks niederlassen kann, der wird nie wissen, was Glück ist."

Paulson will auch mal wieder glücklich sein. Doch so nahe Tanner, dieser stille Mensch, am Glück dran scheint, so weit sieht Paulson sich davon entfernt. Er fühlt sich nur leer, traurig, hilflos. Sein Selbstgespräch scheint sich zu verselbständigen: „Du bist doch kein Schwätzer. Warum fällt es dir so schwer einfach nur die Natur zu genießen. Dein Kopf gleicht einem Bienenstock, ein ständiges Kommen und Gehen, tagein, tagaus. Dich nervt ein Mann, der ruhig vor sich hin geht. Dich nerven die anderen, wenn sie ins Gebüsch müssen, die Gehpausen, der säuerliche Gestank im Zimmer. Was nervt dich denn nicht? Ist das vielleicht ein Hilfeschrei der Seele? Und dann der Rücken? Was ist die Ursache? Irgendwo muss das doch herkommen."

Er spürt plötzlich eine bleierne Schwere, fühlt sich todmüde, hat große Mühe der Gruppe zu folgen. Leicht schwankend schleppt er sich einen sanften Anstieg hinauf. Er schnauft wie ein Walross, muss sich auf einen Baumstamm setzen. Sein Blick ist nach unten gerichtet. Er beobachtet einen Winzling von Käfer, klein, schwarz, der sich in seinen rechten Turnschuh einzunisten versucht. Dann verwandelt sich das Schwarze vor seinen Augen zu einem leuchtenden Stern, der kleiner zu werden droht. „Bleib", bettelt er, versucht, ihm näher zu kommen. Schritt für Schritt hangelt er sich an ihn heran. Er ist zum Greifen nahe, als plötzlich Atemnot ihn übermannt. Traurig sieht er den Stern am Horizont verschwinden. „Fort." Aber – er spürt plötzlich wieder Leben in sich aufkommen. Ein sonderbares Gefühl. Seine Augen beginnen zu leuchten. Und die rechte Faust hat sich eisern geballt: „Ich will wieder richtig gehen können, joggen, laufen, rennen. Ich will. Ich will!" Trotz übermannt ihn.

Rolf Tanner steht einige Meter von ihm entfernt an einer alten Tanne und flüstert vor sich hin: „Armer Kerl, du hast noch einen weiten Weg vor dir.

31. Zurück im alten Leben

Das zehntägige Fastenwandern hat Paulson gutgetan. Er fühlt sich leichter, unbeschwerter. Kein Wunder bei einem Gewichtsverlust von knapp neun Kilogramm. Seine Gedanken sind nun wieder glasklar. Und er hat sich einiges vorgenommen.

In den Gesprächen mit Freunden lässt er keinerlei Zweifel an seinem veränderten Ernährungsverhalten zu, geschweige denn Kompromisse bei der Umsetzung. Wie Paulson später erfahren sollte, vermuteten einige eine Zeit lang, dass bei ihm eine Art Gehirnwäsche stattgefunden hätte. Und nicht nur sie finden sein neues Verhalten merkwürdig, egoistisch und alles andere als sozial verträglich. Paulson ist immer wieder mit sich selbst, mit seinen Erlebnissen, Erkenntnissen aus dem Fastenwandern und der Suche nach seiner eigentlichen Identität beschäftigt.

Eines Abends fragt sich Paulson, wie lange grundsätzlich gute Vorsätze anhalten würden. Er hatte auf Führungsseminaren von einer Verfallszeit von etwa drei Wochen gehört. Muss er befürchten, dass das auch für ihn gilt? Dass auch er sich bald wieder akklimatisiert und das tägliche Leben seinen gewohnten Gang nimmt? Selbst Maria hatte nicht mit seiner Konsequenz gerechnet und musste zusehen, wie Grenzen zu etwas Fließenden werden können.

„Ist es Hartnäckigkeit oder Sturheit, Mut oder Leichtsinn, ist es noch Leben oder fast schon Tod?" Beim letzten Gedanken wurde ihm doch etwas mulmig. Bisher hatte er Leben und Tod als Gegensätze betrachtet. Nun ist ihm bewusst geworden, dass manchmal zwischen Leben und Tod kaum mehr als ein Blatt passt, sie fast eins sein können. Er will mit jemand darüber sprechen. Nur, mit wem? Dann kommt eine neue Email herein:

„Der Chef hat Tanner nach Südafrika geschickt, um Sie dort vor Ort zu unterstützen. Für Mittwoch ist eine Videokonferenz angesetzt. Wir gehen davon aus, dass Sie sich zuschalten, sofern Sie nicht ohnehin persönlich in Südafrika sind. Grüße, M.P.
PS: Ich werde das Unternehmen demnächst verlassen.

Monika Pohmers Nachricht überrascht ihn: „Warum geht sie weg? Das macht doch keinen Sinn. Oder doch?"
Abgesehen von dieser offenen Frage ist der Inhalt der Mail erfreulich. Paulson beginnt laut zu denken: „Du setzt dich sofort mit deinem Reisebüro in Verbindung und organisierst für übermorgen einen Flug. Aber was machst du dann mit deinen Terminen beim Orthopäden, bei der Krankengymnastin, dem Zahnarzt, dem Kardiologen?" Er kratzt sich verlegen hinter dem Ohr. „Wenn ich daran denke, müsste ich den Flug vergessen. Aber das kann ich nicht. Ich habe Dr. Herrmann mein Wort gegeben. "
Ohne es zu registrieren, ist er fast schon wieder zurück in seinen alten Bahnen – mit Ausnahme der Essgewohnheiten. Die hat er umgestellt und zumindest bis heute konsequent beibehalten. Dann erreicht ihn eine SMS von Tanner:

„Muss mich unbedingt mit Ihnen in FFM treffen. Bin nach Kapstadt unterwegs. Es ist sehr wichtig. Geben Sie mir asap Bescheid. Danke. "

Paulson überlegt: „Was kann für den so wichtig sein, dass er unbedingt mit mir besprechen muss? Wir sind keine Freunde. Zumindest waren wir es in der Vergangenheit nicht. Aber wer weiß, was die Zukunft bringt?"
Bei der letzten Frage muss er stark gegen ein übermächtig aufkommendes Schlafbedürfnis kämpfen. Er schaut auf die Uhr – es ist schon sehr spät.

32. Beichte

Der Morgenflieger sollte um halb Acht landen. Aufgrund des schlechten Wetters hat die Maschine jedoch fast eine Stunde Verspätung. Paulson wartet ungeduldig auf Tanner und beschließt, dass damit eben entsprechend weniger Zeit für das Gespräch übrig bleibt. Denn sein nächster Termin um viertel nach Zehn ist nicht verschiebbar. Bei seiner Krankengymnastin hatte er zwar kurzfristig wieder abgesagt, doch den Termin in der Röhre muss er unbedingt wahrnehmen. Seine Halswirbelsäule hatte sich in letzter Zeit öfters gemeldet und gegen den ständig zunehmenden Druck rebelliert.

Endlich erscheint Tanner am Meeting Point und entschuldigt sich sogleich mehrmals für seine Verspätung. Auf dem Weg zur Business Lounge stellt Paulson ohne Umschweife klar, dass er nur wenig Zeit habe. Tanner versichert ihm: „Das verstehe ich, Herr Paulson. Ich werde mich kurz fassen. Aber Sie müssen die ganze Geschichte kennen." Paulson nickt und streicht sich nachdenklich über das Kinn.

Anschließend ist Tanner kaum zu bremsen, Er redet wie ein Wasserfall über seine Beziehung zu Karlsheim und Birgit Berger. Die Affäre mit dieser bezeichnet er als großen Blödsinn, da er nun von allen Seiten her erpressbar wäre. Karlsheim habe ihm vor vielen Jahren geholfen, als er, damals nach der Trennung von seiner Frau, in einer sehr schwierigen Situation gewesen sei. Er hätte viel getrunken, wäre arbeitslos gewesen und hätte viel Mist gemacht. Karlsheim habe ihm in dieser ausweglosen Situation eine Chance gegeben. Aus Dankbarkeit dafür habe er ihm alles gebeichtet, da er endgültig mit seiner unrühmlichen Vergangenheit abschließen wollte. Heute wisse er, dass dies ein Fehler war, denn er befände sich nun in einer totalen Abhängigkeit von diesem. Anfangs habe der ihn in seiner beruflichen Entwicklung unterstützt, ihm immer verantwortungsvollere Aufgaben anvertraut. Und er hätte sich voll für seinen Chef engagiert, persönliche Belange immer zurückgestellt. Im Laufe der Zeit sei Karlsheim immer fordernder geworden, hätte ihm merkwürdige Aufgaben übertragen: mal ein Transport von Metallkoffern nach Nikosia, mal der Transfer von Containern über mehrere Stationen nach Damaskus. Er hätte dabei kein gutes Gefühl gehabt, nie erfahren, was in den Behältnissen war. Nachfragen war nicht möglich, da Karlsheim ihm frühzeitig klargemacht hätte, dass Fragen unerwünscht seien. Daran habe er sich stets gehalten. Natürlich durfte niemand in der Firma von diesen Dingen etwas wissen. Erst als Karlsheim Birgit Berger zu sich in den Vertrieb geholt hatte, seien ernste Probleme entstanden. Sie hätte Karlsheim von Beginn an unter Druck gesetzt, habe mehr über seine Aktivitäten erfahren wollen. Sie wäre auch irgendwie mit einem südafrikanischen Berater liiert, der beste Kontakte nach ganz oben haben soll.

An dieser Stelle schrillen bei Paulson die Alarmglocken: „Südafrikanischer Berater? Gary?", fragt er nach. „Ja genau", antwortet Tanner, „Gary Mayfield. Der verkehrt in den höchsten Kreisen, wie der Professor." Beim letzten Wort stockt Tanner der Atem. Paulson kann in seinen Augen nackte Angst abzulesen und hakt mit toternster Miene nach, „was ist mit diesem Professor? Sie wollten mir nichts verheimlichen."

Tanner lehnt sich total verkrampft nach hinten. Er kämpft mit sich, als ob sein Leben auf dem Spiel stehen würde. „Bitte, bitte", fleht er, „zwingen Sie mich nicht, mehr darüber zu sagen. Ich kann das nicht, darf das nicht. Wenn ich mich nicht daran halte, werden Sie mich in den nächsten Tagen irgendwo als Abzugsbild finden, falls Sie mich überhaupt finden. Bitte, Herr Paulson, haben Sie Gnade mit mir."

Das sind heftige Worte, die nichts Gutes verheißen. Paulson versucht, ihn zu beruhigen und versichert, dass ganz bestimmt niemand von dem Gespräch heute erfahren wird. Fast panisch blickt Tanner nach links und rechts, oben und unten: „Die werden mich, uns, immer finden, das ist das Einzige, was ich wirklich weiß." Paulson gibt nicht auf. „Herr Tanner, wir sind hier sicher, glauben Sie mir, schauen Sie mich an. Sieht so ein Verräter aus?" „Nein, nein", winselt dieser mit schluchzender Stimme, „ich glaube Ihnen schon, aber die sind überall."

Jetzt hat Paulson das Gefühl, Klartext sprechen zu müssen: „Herr Tanner, auch die können nicht überall sein, wer immer das sein mag. Jetzt kommen Sie wieder runter und reißen Sie sich zusammen. Hier, nehmen Sie einen ordentlichen Schluck Wasser. Der wird Ihnen gut tun", ordnet er in scharfem Ton an und hat Glück. Diese Art von Kommunikation wirkt noch immer bei Tanner.

Im Moment lässt Paulson das Thema ‚Professor' ruhen und lenkt um: „Und wie kam es zu ihrem Fastenwandern?" Tanner scheint erleichtert, über etwas Anderes sprechen zu können, und erzählt, wie er in den Schwarzwald geschickt wurde. Er sei nervlich absolut am Ende gewesen. Der permanente Druck von Karlsheim und Frau Berger, dann diese blöde Affäre mit ihr, die zusätzliche Belastung als Projektmanager für den Vertrieb, irgendwann hätte er nur noch versucht, seine Ängste und Panikattacken mit Drogen zu unterdrücken. Er sei mehrmals ausgeflippt, habe immer größere Probleme mit seinen Mitarbeitern bekommen. Daraufhin hätte ihm Karlsheim den Marschbefehl erteilt. Insgesamt hätte er fast drei Wochen gefastet, habe viel über sein Leben nachgedacht, mit dem Ergebnis, dass er einen Weg finden muss auszusteigen, noch einmal neu von vorne zu beginnen.

Paulson hört aufmerksam zu: „Herr Tanner, was meinen Sie mit aussteigen, wo wollen Sie aussteigen?" Tanner kratzt sich verlegen am Kopf, streicht mit der linken Hand von oben nach unten über das gesamte Gesicht, wendet den Blick in Richtung Wasserglas und sagt mit sehr leiser Stimme: „Bei dem Karlsheim, bei der Birgit, bei dem Professor."

Noch einmal angesprochen auf den Aufenthalt in dem Fastenheim erhellt sich sein Gesichtsausdruck. Er schildert bereitwillig, dass er dorthin beordert wurde, um Paulson zu beobachten und auszuforschen. Karlsheim will alles über ihn wissen, seine Familie, seine Kunden, seine Freunde, seine finanzielle Situation, einfach alles. Das genügt Paulson jetzt: „Herr Tanner, Sie sagen über mich? Ich bin doch nur ein kleiner Berater." „Sie und ein kleiner Berater", entgegnet Tanner, „Sie sind alles andere als klein. Sie haben das ganze Machtgefüge bei uns ins Wanken gebracht. Bis auf Dr. Herrmann und Frau Pohmer zittern doch alle wenn Ihr Name fällt. Das ist so, glauben Sie mir. Und Karlsheim versucht nun, Sie im Aufsichtsrat schlecht zu machen. Er will Sie aus dem Unternehmen drängen. Am liebsten würde er Sie lieber heute als erst morgen abschießen. Entschuldigen Sie diesen Ausdruck, aber das entspricht der Realität. Seien Sie vorsichtig, der macht vor nichts und niemandem halt."

33. Dunkle Gedanken

Paulson muss an Schmid denken: „CYA, der hat wohl eine Nase für solche Sachen. Und nun?" Er ist sprachlos und versucht aus seiner Schockstarre herauszukommen. Bedächtig spricht er laut vor sich hin: „Tanner, wir beide scheinen entweder keine oder vielleicht eine gemeinsame Zukunft zu haben. Keine Zukunft ist abwegig, da wir noch ziemlich lebendig sind. Was spricht gegen eine gemeinsame Zukunft? Ich denke nichts, absolut nichts. Es gibt allerdings eine Bedingung dafür: Wir müssen unsere Gegner kennen, ich glaube, wir müssen sie als unsere Feinde bezeichnen. Einige davon haben Sie vorher genannt, die kenne ich jetzt auch, aber einer fehlt noch, dieser Professor. Es hilft alles nichts, ich muss wissen, wer sich hinter diesem Professor versteckt. Verstehen Sie mich?"

„Ja, ja", nickt Tanner, „ich verstehe. Ich kann aber meinen Schwur nicht brechen. Ich habe im Angesicht meiner Mutter schwören müssen, dass dies für immer ein Geheimnis bleibt. Ich darf mich doch nicht noch mehr versündigen in meinem Leben. Mein Register an Missetaten ist ohnehin lang genug. Herr Paulson, ich kann nicht. Ich verliere sonst auch noch den letzten Rest meiner Selbstachtung."

Paulson spürt pure Verzweiflung in seinen Worten. „Was tun? Verdammt noch mal", flucht er laut vor sich hin und sucht verbissen nach einer Lösung: „Es gibt keine unlösbaren Aufgaben, lass deine Gedanken fließen, Stem, öffne dich deiner inneren Stimme. Du kannst es. Blende alles andere aus und lass dich fallen." Plötzlich fühlt er sich sicher und sagt zu Tanner: „Geben Sie mir einige Minuten, ich brauche etwas Zeit für mich, Bewegung, Sauerstoff." Dieser nickt. Paulson steht auf, geht in Richtung Ausgang. Kurz vor Erreichen der automatischen Glastür bleibt er stehen und dreht mich um. Es scheint, als ob er etwas gefunden hätte. Er hebt seinen rechten Arm, richtet seinen Blick auf den

Zeigefinger seiner rechten Hand, der sich unentwegt auf und nieder bewegte. Dann dreht er den Kopf und schaut auf seine Uhr am linken Handgelenk: Es ist kurz nach halb zwölf. Der Termin in der Röhre ist längst verstrichen. Sein Versuch, den Rücken leicht durchzustrecken, misslingt. Dafür lässt er den Kopf langsam von rechts nach links kreisen. Zuletzt richtet er seinen Blick auf Tanner, der regungslos in seinem Sessel verharrt und ihn die ganze Zeit über keine Sekunde aus den Augen gelassen hat.

Zurück am Tisch verfinstert sich Paulsons Blick, bevor er loslegt: „Tanner, sagen Sie jetzt nichts. Hören Sie mir einfach nur zu. Sie haben einst einen Schwur abgelegt. Den sollen Sie auch nicht brechen. Meinen Termin in der Röhre kann ich vergessen. Jetzt haben andere Dinge Priorität. Sagen Sie mal, es gibt doch sicher von diesem Professor irgendwelche Veröffentlichungen, Bücher, eine Habilitationsschrift. Und die sind für jeden einsehbar. Das können Sie doch bestimmt in Erfahrung bringen. Und wenn ich Sie vorher richtig verstanden habe, haben Sie keinen Eid abgelegt, nicht über wissenschaftliche Abhandlungen zu sprechen. Haben Sie mich verstanden?" Paulson schaut Tanner eindringlich in die Augen, der ihn mit hohlem Blick anstarrt.

„Tanner, es ist kein Trick. Trauen Sie sich. Sonst wird das nichts." Paulson lässt ihn nicht zu Wort kommen. Jetzt oder nie: „Natürlich trauen Sie sich das zu. Aber damit ist Ihr persönliches Problem noch nicht gelöst. Wir benötigen dafür Zeit. Die können wir bekommen. Dr. Herrmann setzt große Stücke in uns. Also enttäuschen wir ihn nicht und bringen das neue Projekt in Südafrika zum Laufen. Dafür braucht es mindestens ein Jahr. Früher ist das nach meinem Kenntnisstand mit den ganzen rechtlichen Restriktionen dort nicht zu schaffen. Es liegt nur an uns, ihren Ausstieg in aller Ruhe und Schritt für Schritt vorzubereiten. Solange wir Dr. Herrmann und Karlsheim das liefern, was die haben wollen, sind wir beide in Sicherheit. Ich werde dafür sorgen, dass Sie die Informationen über mich bekommen, die man mit einigem Aufwand ohnehin aus irgendwelchen Datenbanken im Internet herausfischen könnte. Sie geben nur das weiter, was wir weitergeben wollen. Wir können das Heft in der Hand haben, müssen aber vorsichtig sein und dürfen keine Fehler machen. Habe ich mich verständlich genug ausgedrückt, Herr Tanner?"

Nach einer längeren Pause nickt dieser zaghaft, wenn auch ziemlich ungläubig dreinschauend. Paulson verspürt plötzlich eine unglaubliche Wut in sich, die sich in einer gewaltigen Trotzreaktion entlädt: „Die beherrschen nicht die Welt. Wir sind auch noch da. Und wenn die es nicht glauben wollen, dann zwingen wir sie eben dazu. Tanner, wir ziehen von nun an diese Geschichte gemeinsam durch, ohne Wenn und Aber. Verstanden?" Paulson fixiert Tanner mit einem grimmigen, fest entschlossenen Blick und glaubt für einen kurzen Moment, ein leichtes Lächeln in dessen Augen erblickt zu haben. Dann flüstert dieser: „Herr Paulson, ich bete für Sie, dass Sie recht behalten. Mein Leben ist mir nicht mehr so wichtig, damit komme ich schon klar. Aber Sie dürfen nicht noch tiefer in diesen Sumpf mit reingezogen werden. Und danke für Ihr Angebot. Ich vertraue Ihnen, aber können auch Sie mir vertrauen?"

„Muss diese Frage sein?", schießt Paulson durch den Kopf bevor er antwortet: „Um ehrlich zu sein, ich traue Ihnen eine ganze Menge zu. Vertrauen müssen wir beide uns jedoch erst noch verdienen. Das beginnt mit dem ersten Schritt und endet eigentlich nie. Am Ende unseres gemeinsamen Weges können wir dann Rückschau halten und feststellen, ob wir die Kraft hatten, einander zu vertrauen. Ich sehe uns jetzt schon auf einem Berg sitzen, die Sonne hoch am Firmament. Sie wird uns im Laufe des Tages immer weiter nach Westen führen, bis die Sterne uns in Empfang nehmen. Nur die wissen, wohin unser Weg führt. Vertrauen wir einfach in die Kraft des Universums."

Dann erhebt sich Paulson langsam aus dem tiefen Sessel und reicht Tanner die Hand: „Übrigens, ich bin der Stem. Du bist der Jüngere. Ich denke das Vorschlagsrecht ist auf meiner Seite." Tanner schaut ihn ungläubig an – nach kurzem Zögern schlägt er ein.

34. Gute Freunde

Seit dem Gespräch mit Tanner am Flughafen ist Paulson noch nachdenklicher geworden. Das ist Leo, mittlerweile sein engster Mitarbeiter, auch aufgefallen: „Stem, ich habe in letzter Zeit den Eindruck, dass du mit deinen Gedanken ganz wo anders ist, dass dich einiges bedrückt. Gibt es da etwas, was ich wissen müsste?"

„Nun ja", Paulsons Antwort fällt etwas länger aus, „eigentlich nicht. Wie du weißt, hat es mich schon immer in die Ferne, besser gesagt nach Spanien gezogen. Ich kann mir gut vorstellen, später einmal dort eine längere Zeit zu verbringen. Aber bis dahin muss ich noch ein wenig arbeiten. Und ich muss unbedingt kürzertreten. Mein Rücken macht mir sehr zu schaffen. Es liegt im Moment vieles im Argen. Aber ich will nicht klagen oder jammern. Ich wollte es so, und damit muss ich eben leben."

Leo hört aufmerksam zu. Dann hebt er leicht die Stimme und sagt: „Jetzt mach bloß nicht auf den starken Max. Für jeden gibt es Grenzen, die er respektieren muss. Wenn nicht, kann das ein böses Erwachen geben. Und du bist auch nur ein Mensch aus Fleisch und Blut, mein Freund." Genau das will Paulson nicht hören und wehrt sich energisch: „Nein, nein, und nochmals nein. Natürlich bin ich nur ein ganz normaler Mensch. Aber das mit den Grenzen, das sehe ich anders. Grenzen sind immer etwas Relatives, nie etwas Absolutes. Es mag jetzt im Moment Grenzen geben, die ich akzeptieren muss, aber das heißt noch lange nicht, dass das auch in Zukunft so ist. Jeder kann lernen, dazu lernen. Warum soll das bei mir anders sein? Es gibt absolut keinen vernünftigen Grund dafür. Basta. Aus. Ende der Diskussion."

Leo grinst ihn frech an: „Der Herr hat gesprochen. Klar kenne ich dein Lebensmotto: ‚A bissle goat emmer no.' Aber ich will kein Prophet sein, und ich wünsche es dir auch nicht, aber vergiss nicht deinen alten Herrn. Der wollte auch die Welt erobern und hat dann viel zu früh die Flatter gemacht. So wie du ackerst, geht das auf Dauer nicht gut. Denk doch wenigstens mal darüber nach oder spreche mit deinem Arzt darüber. Stem, die Welt funktioniert nicht nach deinem Willen. Versuche, das mal zu kapieren. Du bist wichtig, einverstanden, das bestreitet niemand, aber du bist nicht der Nabel der Welt. Warte nicht, bis es dir komplett den Boden unter den Füssen wegzieht. Du weißt, täglich passieren achthundert Schlaganfälle, mehr als eintausend Herzinfarkte. Wie sieht übrigens dein Cortisolwert aus? Dein Homocystein? Ich wette, du kennst unsere Umsätze besser als deine Blutwerte. Oder?"

Paulson zuckt zusammen. Das war mehr als deutlich. Leo hat ihn an einer ganz wunden Stelle getroffen. „Mahlzeit", knurrt er, „du kannst unser Abendessen beim Italiener absagen. Mir ist der Appetit gründlich vergangen." „Ist mir eh recht", rundet Leo das Gespräch ab, „du hast eh zu viel auf den Rippen. Schau mal in den Spiegel, was da alles auf deinem Hals sitzt. Du fühlst dich doch für alles verantwortlich. Hör auf damit, du mutest dir viel zu viel zu. Stem, bitte, ich mache mir wirklich Sorgen um dich, große Sorgen."

Das reicht nun. Paulson hat das Ende seiner Belastbarkeit erreicht. „Le-oo", schnaubt er gereizt, „danke für dein Feedback. Ich kann damit im Moment nicht viel anfangen, muss es setzen lassen und werde auch mit irgendjemand darüber sprechen. Ich verspreche dir, dass ich mich so bald wie möglich durchchecken lasse. Mehr kann ich im Moment nicht versprechen. Ist das okay für dich?" „Stem, alles, was dir hilft, ist für mich in Ordnung. Aber du musst dir auch helfen lassen", mahnt Leo. Dann hört er noch: „Kopf hoch, lass die Hörner nicht hängen!"

35. Nahendes Ende

Paulson weiß, dass schwierige Zeiten auf ihn zukommen werden. Es ist nur noch eine Frage der Zeit, bis sich bei seinem wichtigsten Kunden die Anteilseigner von Teilen ihrer Aktienpakete trennen, um Kasse zu machen. Und genau das passiert, schneller als erwartet. Neuer Mehrheitseigentümer wird quasi von heute auf morgen ein Finanzinvestor, der eigene Vorstellungen von Führung und Organisation einbringt. Als er erfährt, dass der von zwei weltweit agierenden Investmentbanken begleitete Deal überwiegend auf Pump erfolgt war, ist ihm klar, dass das nur ein Engagement auf Zeit ist. Als erstes Ausrufezeichen verlagern die neuen Eigentümer kurzerhand die Zentrale in das Zentrum von London. Es gibt ein gewaltiges Stühlerücken: Dr. Herrmann wird zum Mitglied des Aufsichtsrates befördert, Karlsheim ist urplötzlich als Vize-Präsident zuständig für „Investor Information" und Frau Dr. Berger nennt sich nun „Operations Manager ". Die Mitarbeiter werden über Veränderungen per E-Mail und SMS informiert, alle wirklich wichtigen Führungsfunktionen in Windeseile neu besetzt mit eigenen Leuten. Gary Mayfield ist voll beschäftigt mit Outplacementaktivitäten. Eine neue Zeitrechnung hat begonnen. Und damit der Ausverkauf des Unternehmens, seines Kunden.

Bezüglich der Zusammenarbeit mit Paulson deuten die Zeichen in Richtung Abschied auf Raten. Projekte, die sich in einem fortgeschrittenen Stadium befinden, werden kurzerhand als „finalisé" bezeichnet. Das komplexe Projekt in Südafrika läuft dagegen zunächst weiter. Hier wollen die neuen Machthaber nicht das Risiko eines teuren Scheiterns eingehen. Beratungsverträge werden nur noch mit kurzen Laufzeiten abgeschlossen, dann wieder neu verhandelt mit dem Ergebnis eines sich von Quartal zu Quartal kontinuierlich verringernden Budgetvolumens.

Insgesamt hat sich Paulsons Gesamtsituation in nur wenigen Monaten gravierend geändert. Er versucht diesen Umstand professionell zu handhaben, stößt dabei aber mehr und mehr an Grenzen, auch seine mentalen Grenzen. Es fällt ihm immer schwerer, sich für Projekte zu engagieren, deren Sinn nur darin besteht, eigene finanzielle Vorteile zu erhaschen. Er kann es einfach nicht akzeptieren, dass kurzfristiger Profit wichtiger als Mensch und Umwelt sein soll und zweifelt immer mehr am Sinn seines Tuns.

Paulson hat auch bemerkt, dass er in den letzten Monaten passiver, vorsichtiger, ängstlicher geworden ist. Es scheint, dass sein Vorwärtsdrang auf der Strecke geblieben ist. Liegt es nur an seiner gesundheitlichen Situation, die sich immer weiter verschlechtert? Er hat zwar manches versucht, allerdings mit völlig unzureichender Konsequenz. Das Ergebnis ist, dass er Monat für Monat steifer, ungelenkiger, dicker wird und mittlerweile jeden Blick in einen Spiegel zu meiden versucht. Immer öfter mag er sich selbst, die Menschen um ihn herum und überhaupt die ganze Welt nicht mehr.

Auch heute Morgen fühlt er sich hundeelend, hat das Gefühl, dass ihn eine fremde Macht im Bett festhält, ihm jegliche Kraft raubt. „Wozu aufstehen? Das bringt doch eh nichts. Du hast doch schon so viel versucht. Und nichts hat geholfen", hört er sich jammern, „ich kann nicht mehr. Schluss, Aus, Ende. Das macht alles keinen Sinn. Wofür diese Quälerei? Und überhaupt, ich bin doch nur noch eine Last für alle. Wer braucht einen Krüppel, der nur herumliegt, Probleme macht, der nicht mal mehr seine Socken alleine anziehen kann, der sich mehr mit seinem Tinnitus beschäftigt als mit seinen Kindern, der nachts nicht schlafen und tagsüber keinen klaren Gedanken fassen kann, der nur noch ein schlafwandelnder Pillenfreak ist, vollgepumpt mit Schmerzmitteln und Happy Pills.

„Chef, verdammt noch mal. Beweg dich endlich. Es ist schon nach zehn Uhr", glaubt Paulson zu hören. Er blickt zur Schlafzimmertür. Dort sieht er Maria stehen, die sich Sorgen um ihn gemacht hat und zu ihm gefahren war. „Lass mich, bitte", fleht er sie an, „mir geht's nicht gut." Maria sieht ihren Chef gekrümmt auf dem Bett liegen. Ist das der Unternehmer mit der unglaublichen Energie, die nie zu versiegen drohte? Und jetzt? Ein Häufchen Elend, saft- und kraftlos, aufgefressen von Schmerzen und Selbstmitleid.

Paulson ist derweil in einer anderen Welt: Vor seinen Augen erscheint ein Bus von Ischia Porto zum Seminarhotel, er muss mit anschauen, wie er auf den wenigen Metern zum Hotel mit einem spitzen Schrei nach vorne fällt, nicht mehr alleine hochkommt. Sieht sein schmerzverzerrtes Gesicht bei jedem Bremsmanöver des Busses vom Airport zum Vorfeld. „Chef", sagt sie mit sanfter Stimme, „komm, lass dich zu Dr. Kohnmann bringen. Der hat normalerweise vier bis fünf Monate Wartezeit. Es war nicht einfach, überhaupt einen Termin bei dem zu bekommen. Du weißt doch, der hat schon vielen geholfen. Er hat einen sehr guten Ruf und wurde sowohl von deiner Hausärztin als auch vom Orthopäden empfohlen. Chef, bitte, auch deinen Kindern zuliebe." Wie in Trance streckt Paulson ihr seine rechte Hand entgegen: „Maria, bitte hilf mir, aber langsam."

Stem Paulson steht in sich versunken am Fenster, starrt gedankenverloren auf das Dernsche Gelände. „Chef, du bist dran", mahnt Maria, reicht ihm die Hand, die er bereitwillig nimmt.

„Was führt Sie zu mir?", fragt der Doc, nachdem Paulson sich übervorsichtig auf der Vorderkante des Sessels platziert hatte. Er nimmt alle Kraft zusammen und flüstert: „Herr Doktor, ich kann nicht mehr. Ich halte es nicht mehr aus." Dann folgt eine Pause, eine längere Pause. Man kann die Spannung fast körperlich spüren. Es ist nur noch eine Frage von Sekunden bis zur Entladung: „Ich bin vor Jahren operiert worden ... eigentlich ist die OP gut verlaufen ... aber die Nachbehandlung ... alles ging schief ... ich bin immer steifer geworden, immer unbeweglicher, immer unselbstständiger ... selbst für die Morgentoilette ... ich schlucke Unmengen von Tabletten ... mache alles, was man mir sagt ... war im Schwarzwald in Kur ... habe gefastet ... kenne alle Massagebänke der Welt ... habe mich in heißen Schlamm eingraben lassen ... hab meine Kunden nie im Stich gelassen ... habe mich mit Schmerztabletten über Wasser gehalten ... ich muss auch für meine Kinder da sein ... ich kann überhaupt nicht mehr abschalten ... ich wache auf mit Angst ... habe Angst vor jeder Besprechung ... Angst, nicht mehr so gut wie früher zu sein ... ich kann nicht mehr schlafen, diese Alpträume, Tote kriechen aus ihren Gräbern, irren umher auf der Suche nach ihren Tätern ... dieses ewige Rauschen in den Ohren ... der hohe Ton macht mich noch wahnsinnig ... ich kann in Besprechungen kaum mehr was verstehen ... die Prostata ... muss dauernd auf die Toilette ... ich kann nicht mal mehr richtig gehen ... werde immer fetter ... trinke immer mehr ... jetzt wissen Sie alles. Machen Sie mit mir, was Sie wollen, aber tun Sie etwas. Bitte."

Dr. Kohnmann lauscht aufmerksam und macht sich einige Notizen. „Herr Paulson", sagt er mit ruhiger Stimme, „gut, dass Sie gekommen sind."

36. VerRückt

Die nächsten Monate stellen alle auf eine harte Bewährungsprobe. Paulson verbringt den größten Teil meiner Zeit in Reha-Kliniken und Arztpraxen. Ein Ende seiner Leidenszeit ist nicht in Sicht. Das jüngste ärztliche Gutachten liegt schriftlich vor ihm:

„Wir halten Herrn Paulson für berufsunfähig in seinem ausgeübten Beruf als Berater."

Paulson liegt mit geschlossenen Augen auf seiner Relaxliege, als mit atemberaubender Geschwindigkeit ein Film vor seinem inneren Auge abläuft. Szenen, die ihn tief ins Mark treffen: Tote gleiten an einem Seil einen Turm herab. Bekannte Gesichter, aber in fremden Körpern, rennen suchend durch kaum beleuchtete Straßen. Ist das nicht Weiss, in einem wallenden Frauengewand, der lauthals lacht, als Motorradgespanne an ihm vorbeirauschen? Der Sensenmann steht vor dem abgebrannten Fertigwarenlager auf drei Beinen und hält krampfhaft einen pyramidenförmigen Stein in die Höhe. Dann verschwindet er in einem klassizistischen Gebäude mit merkwürdigen Säulen links und rechts des mächtigen Portals. Im Innern ist es duster, die Fenster verhängt mit dunkelblauen, schweren Prokatvorhängen. Eine Sternschnuppe erscheint, zuerst ganz klein, dann immer größer werdend. Paulson glaubt einen blonden Engel zu erkennen. Mitten auf dem Neroberg sitzend, unterhält er sich mit seiner verstorbenen Mutter. Blitzlichter erhellen die Szenerie, das Bild teilt sich, ein janusköpfiger Rolf Tanner erscheint. Langsam versinkt der mit verzerrten Gesichtszügen in einer Erdspalte, versucht im letzten Moment ein Bild aus dem Rahmen zu zerren, eine vollbusige Frau in den krakenhaften Armen eines Ungetüms.

Am nächsten Morgen will er von Maria wissen, was normalerweise ein Verrückter noch von seinem Leben erwarten
kann. Sie antwortet ihm in der ihr eigenen Klarheit: „Sehr
viel. Aber nur, wenn er es wirklich will. Nur dann." Das hört
sich so einfach an. „Was will ich überhaupt tun? Habe ich
noch Träume, Pläne? Warum fühle ich mich so klein, so un-
bedeutend, so machtlos?" Fragen wie diese matern von Tag
zu Tag mehr seine Seele. Scheinbar wehrlos fügt er sich seinem Schicksal.

Paulson macht plötzlich wie in Trance alles mit, was Ärzte
und Therapeuten ihm ans Herz legen. Er kann es zunächst
kaum selbst glauben, wie konsequent sein erneuter Re-Start
anläuft. Termine für Arztbesuche, Therapiesitzungen, Mus-
kel-aufbau und Beweglichkeitstraining haben nun oberste
Priorität im Terminkalender. Die Arbeit muss warten. Nach
den ersten Therapiesitzungen fühlt er sich etwas besser. Die
Kombination von Gesprächstherapie, Pillencocktail, Vita-
minspritzen und täglich dreißig Minuten Bewegung an der
frischen Luft erweist sich als stabilisierendes Element in seiner Talfahrt. Trotzdem gibt es immer wieder Tage, die
schwer zu ertragen sind. Es ist diese fatale Mischung aus
körperlichem Schmerz, Zukunftsangst und eigener Ohn-
macht, den momentanen Zustand nicht wirklich ändern zu
können. Hinzu kommen immer größer werdende finanzielle
Probleme. Er spürt, dass er nicht mehr in der Lage ist, sein
Unternehmen zu führen. Insbesondere die Nachrichten aus
Südafrika machen ihm von Tag zu Tag mehr zu schaffen.
Und, fast schon zwanghaft, beschäftigt er sich immer öfter
mit dem tieferen Sinn des Lebens. „Ist mein Ende schon
nah oder fängst es erst an?", will er wissen, um sogleich die
nächste Frage folgen zu lassen. „Wer oder was bist du überhaupt?" Er rauft sich die Haare, hadert mit seinem Schicksal:
„Warum können andere einfach sagen: Maschinenschlosser,

Polizeibeamter, Pilot, Buchhalter oder Zahnarzt, und jeder weiß sofort Bescheid. Wenn ich mich aber vorstelle als ‚Personalentwickler' gibt es immer mehr Fragen als Klärungen. Ich würde so gerne mit Leo tauschen, der zielstrebig von Anfang an die Karriereleiter emporgestiegen ist, vom Assistenten bis zum Senior-Projektmanager im Anlagenbau."

Eine andere Frage bringt ihn ins nächste Dilemma: „Was will ich wirklich?" Antworten wie Villa, Porsche, Rolex, Harley, Yacht sind für ihn unbefriedigend. Aber was dann? Kommt überhaupt noch irgendwas? Nach Jahren des Suchens hat er immerhin herausgefunden, dass die Antwort eng zusammenhängt mit einem undefinierbaren Inneren, Unbewussten, Unterbewussten, seiner Seele. „Wie finde ich Zugang zu meinem Seelenleben, sofern da überhaupt noch etwas lebt?", ist eine weitere Frage. „Tolle Beratung, Herr Paulson", befindet er selbstkritisch, „eine Frage bleibt unbeantwortet und sofort folgt die nächste. Starke Leistung. Setzen. Note ‚Ungenügend'. Abtreten. Fast so wie früher in der Schule."

Paulson ist in den letzten Wochen klar geworden, dass Geduld genau die Fähigkeit ist, die in seiner DNA vergessen wurde. Und doch scheint er fest entschlossen zu sein, sein Leben grundlegend neu zu organisieren. Ab und zu blitzt sein Humor wieder auf, wenn auch verpackt in Form einer beißenden Selbstkritik. Meist ist er jedoch ziemlich in sich gekehrt, mit sich selbst beschäftigt: „Habe ich wirklich gelernt, dass die Synchronisation von Körper, Geist und Seele nicht erzwungen werden kann, dass es viele kleine Schritte sind, die letztendlich zum gewünschten Ergebnis führen? Garantien gibt es keine. Das Leben ist ständige Veränderung, in die eine oder in die andere Richtung. Bis vor kurzem wollte ich noch alles zusammenhalten, die Familie, die Firma, das Haus." Jetzt erscheint Loslassen das Zauberwort für ein erfüllteres Leben. „Festhalten kann man nur das, was man losgelassen hast", sinniert er vor sich hin, „also lass los, Stem. Lass los."

burn on

37. Costa Bella

Paulson träumt mal wieder vor sich hin: „Warum haben die ausgerechnet die Niederlassung in Malaga für das Pilotprojekt ausgewählt? Warum haben die uns beauftragt, die PBDC, Primera Banca Del Clientes, mit einem Management, das in seiner Grundeinstellung noch tief im Obrigkeitsdenken verhaftet ist. Dass der „Patron" unantastbar und unfehlbar ist, kann auch bei uns noch vorkommen. Dynastien brauchen eben eine längere Zeit, bis sie sich endlich überflüssig machen, sei es durch Misswirtschaft, Suff oder Inzucht. Allerdings kann man sich hier auf der iberischen Halbinsel noch wenigstens auf den Mann auf der Kanzel verlassen. Der droht zwar unentwegt Sonntag für Sonntag schwerwiegende Maßnahmen für Missetaten an, zeigt sich dann aber doch wieder schnell versöhnlich, wenn der Klingelbeutel sich füllt. Der Fortschritt zeigt sich aber auch hier, da Münzen und sonstiges Kleingeld nicht gern gesehen werden, Scheine dagegen, in beliebiger Größenordnung ohne weitere Sichtprüfung akzeptiert werden. Mit Kreditkarten ist es derzeit noch so eine Sache. Was tun? Heureka. Die Einführung eines **b**argeldlosen **S**ünd**e**r**e**ntlastungssystems, BSE genannt. Wenn es gelänge, die Dynamik eines natürlichen Virus zu implementieren, hätte BSE durchaus das Potenzial zu einem nachhaltigen Segen für den Klerus. Die Umsetzung könnte allerdings an einem tragfähigen Konsens über den Modus der Datenerfassung scheitern. Am besten wäre eine automatische Iriserkennung, da dann auch kurze Wege ins bewusste und unbewusste Sündenregister genutzt werden könnten. Er sieht im Traum ein grinsendes Gesicht, das schelmisch neuartige Lösungsansätze verspricht."

„Good morning, ladies and gentlemen", verkündet eine angenehme Stimme aus den Bordlautsprechern. Er wird unsanft aus seinen Fantastereien gerissen, reckt, streckt sich, als er einen Rotweinfleck auf seiner Hose entdeckt. Das Hier und Jetzt lässt grüßen.

„Wenn du es eilig hast, gehe langsam", hat er kürzlich gelesen. Paulson ist sich nicht sicher, ob das ein brauchbarer Rat sein könnte. Doch zunächst gilt es, sich ein eigenes Bild von der Situation hier an der Costa del Sol zu machen.

Heute Abend sitzt er in seiner Lieblingsstrandkneipe bei einem schönen Glas Rioja als Abrundung einer abendlichen Eiweißbombe: Erst eine Platte gemischtes Gemüse, dann einen gegrillten Calamari und zum Abschluss Scampi mit Zitrone. „Einfach köstlich", schwärmt er, „rechts im Westen die Sonne kurz vor dem Untergang ins Meer, direkt vor mir ein sanfter Wellengang, der einen Gedanken erst anspült, um ihn sodann wieder mit hinauszunehmen, links die Vorboten der einbrechenden Nacht, ein Kommen und Gehen, genau wie im richtigen Leben."

In dieser Atmosphäre kann er sich sehr gut fallen lassen, alles vergessen, was ihn belastet und durch seine Gehirnwindungen rast. Er schaut auf das Meer hinaus und lässt sich von dem Rhythmus der Wellen treiben.

Pedro, der Inhaber des Chiringuito, kennt seine Vorliebe und versucht, Störungen jedweder Art von ihm fernzuhalten. Das ist in einem beliebten Strandlokal, in dem halb Europa sich trifft, alles andere als einfach. Nur mittwochs und freitags dominiert hier die andalusische Lebensart, gepaart mit italienischen Kochkünsten und gitanesken Gitarrenklängen. Das sind die Momente, in denen Paulson so etwas wie Vitalität wieder spürt. Ein Gefühl, das ihm im Laufe der vergangenen Jahre abhanden gekommen ist. Das Gute ist, dass ein kleiner Funke noch da zu sein scheint. Eine der Lektionen nach der Bandscheibenoperation und dem Burnout ist, dass es Hoffnung gibt, sofern ein Nerv noch reagiert, also nicht ganz taub ist. Der Rest ist dann Training, gezieltes Training und noch mal Training. Und wenn es gelegentlich nicht schnell genug mit dem Muskelaufbau oder der Erhöhung der Beweglichkeit geht, eines hilft immer: nie aufgeben, trainieren, trainieren, trainieren, wenn es sein muss, bis zum Abwinken. Der Gedanke an diese Quälerei, und als solchen empfindet er es nicht nur einmal, ist das totale Kontrastprogramm zu der Leichtigkeit des Wellengangs.

Paulson beeindrucken ganz besonders Flamencoklänge, die eine unglaubliche Leidenschaft zum Ausdruck bringen. Leidenschaft scheint überhaupt der Schlüssel zur wahren Meisterschaft zu sein, unabhängig von der Disziplin, ob beim Sport, im Beruf, der Malerei, der Musik oder des Theaters. Wer nicht in der Lage ist, Leidenschaft für das Erreichen seines Ziels, seiner Vision zu entwickeln, ist früher oder später zum Scheitern verurteilt. Paulson hat aber auch gelernt, dass Leidenschaft im wahrsten Sinne des Wortes in manchen Phasen „Leiden schafft", sei es durch gesundheitliche Rückschläge, unerwartete Infekte, Ermüdungserscheinungen oder andere Unpässlichkeiten: „Kurzum, wer Träume realisieren möchte, muss dafür etwas tun. Vergiss Talent oder passende Gene, beweg dich aus deiner Komfortzone heraus und setz dich engagiert für deine Sache ein. Dann stellt sich irgendwann der angestrebte Erfolg einstellen, unabhängig davon, ob du ein Jahr, drei oder fünf Jahre dafür brauchst. Do it, Stem." ‚Love it, leave it or change it. It's up to you to decide. No compromises. But do it."

Es scheint, dass Paulson nun wirklich verstanden hat, was ihm vor vielen Jahren auf einem Seminar zum Thema ‚Selbstmanagement' nahe gelegt worden war. „Mach dein Ding, Stem."

Die laue Brise hat sich mittlerweile gelegt. Die Sonne ist untergegangen, der Mond hat die Beleuchtung übernommen. Das sanfte Rauschen der Wellen in dieser sternenklaren Nacht bietet eine kaum zu übertreffende Hintergrundmusik.

38. Chez Nous

Dr. Herrmann und Karlsheim pflegen seit Jahren ein Ritual: Jour Fix, immer am ersten Mittwoch im Monat, immer um 17:00 Uhr. Heute versuchen sie sich gegenseitig von ihren Problemen zu entlasten. Karlsheim kommentiert das Wirken des allmächtigen Zentralsekretariats mit der ihm eigenen Abgeklärtheit: „Gernot, irgendwann schaffen es die Franzosen, sich nur noch mit sich selbst zu beschäftigen. Dann können wir auf unsere alten Tage noch ‚Management by Nordkorea' erleben. Oder wie siehst du das?"

Dr. Herrmann scheint im Moment gedanklich in einer anderen Welt zu sein. Ohne auch nur im Geringsten auf die Frage einzugehen, sagt er: „Wie soll ich denn hier nur den ganzen Tag herumbringen? Zu entscheiden gibt es so gut wie nichts, die machen eh, was sie wollen, beziehungsweise sie machen es genau andersherum als wir früher. Unsere besten Leute haben sie ersetzt, und jetzt soll ich neue Strategien entwickeln, wie wir die Kosten unter Kontrolle halten. Das einzig Gute ist, dass das Versteckspiel mit Monika ein Ende hat. Jetzt kann ich wenigstens im privaten Bereich für klare Verhältnisse sorgen. Wenn meine Scheidung durch ist, geht es mit ihr in die Südsee oder Karibik. Einfach den ganzen Mist hier vergessen und ad acta legen." „Gernot, hallo, ich bin auch noch da", hört er plötzlich. Er schaut Karlsheim an und ergänzt: „Sorry, aber das musste auch einmal gesagt werden." „Ist ja in Ordnung", meint dieser, „ich sehe das ähnlich. Weißt du, wann ich zuletzt die Birgit gesehen habe?" „Ich? Nein, woher denn?", antwortet Dr. Herrmann, „aber du wirst es mir sicher gleich erzählen."

Karlsheim holt tief Luft und schießt los: „Das war vor einigen Wochen, du weißt in dem Hotel, in dem ich ab und zu mal ausspanne. Das war eine Nacht, ich kann dir sagen." Karlsheim schlägt sich die Hände vor den Kopf. „Was willst du mir denn sagen? Ich verstehe nur Bahnhof, Wolf", meint

Dr. Herrmann. „Also", fährt Karlsheim fort, „die Birgit war dermaßen auf Touren, dass wir kaum Zeit zum Abendessen hatten. Sie schleppte mich dann so schnell es ging aufs Zimmer. Was dann kam, war der absolute Hammer. Sie riss mir die Kleider vom Leib, setzte sich rittlings auf mich. Dann band sie meine Hände so am Bettgestell fest, dass ich mich nicht mehr wehren noch bewegen konnte. Sie verband mir die Augen und steckte mir eine Art Hartgummiball in den Mund, dass ich kaum mehr richtig Luft bekam. Kannst du dir vorstellen, wie ich mich gefühlt habe? Ich hatte das Gefühl, dass es bald zu Ende geht. Weit gefehlt. Ich hörte plötzlich ein komisches Summen und dann ein immer lauter werdendes Gestöhne von ihr, das kein Ende finden wollte. Dann merkte ich, wie tropfenweise Kerzenwachs sich langsam in Richtung meines Schosses ergoss. Es war die Hölle, kann ich dir sagen. Aber das war nur der Anfang der Tortur. Es ist immer schlimmer geworden."

„Wolf, jetzt mach mal ein Ende", fordert ihn Dr. Herrmann auf, das ist ja abartig. Seit wann stehst du denn auf so einen Kram?" „Was heißt hier Kram?", kontert dieser, „glaubst du wirklich, dass du so eine mit Missionarsstellung und Küsschen auf Dauer halten kannst? Da musst du schon einiges mehr bringen."

Dr. Herrmann schaut völlig ungläubig auf seinen alten Weggefährten. Das ist eindeutig nichts für ihn. Der Karlsheim und so etwas. Dass Birgit Berger alles Mögliche zuzutrauen ist, vermutet er schon länger. Aber dass dieser Mann, sein Kollege, sich in so eine Abhängigkeit hat begeben können? Karlsheim, ein Mann von Welt, mit besten Manieren. Unfassbar. Dann fragt er weiter: „Und hast du es überlebt?" Karlsheim schüttelt den Kopf und meint: „Herrmann, säße ich sonst jetzt mit dir an diesem Tisch? Der Mensch ist ganz schön zäh. Aber eines verspreche ich dir. Mit diesem Biest ist es vorbei. Das tue ich mir kein zweites Mal an. Das war eindeutig zu viel. Und weißt du, was die später noch gemacht hat?" Er macht eine kurze Pause, um dann fortzusetzen: „Die hat mich im Bett schmachten lassen, sich mit irgendeinem Typen vergnügt, in unmittelbarer Nähe von mir. Ich musste mir die ganze Stöhnerei mit anhören. Dieses Hotel wird mich ganz bestimmt nie wiedersehen." „Wolf", ermahnt ihn Dr. Herrmann, „das Hotel kann nichts dafür. Das hätte dir auch in jedem anderen Hotel mit dieser Frau passieren können. Lass die Finger von der. Es gibt andere, die viel besser zu dir passen. Oder hat dich nun der Mut verlassen?" Karlsheim schaut zu ihm auf: „Mich der Mut verlassen? Du kennst mich doch. Weißt du was? Heute Abend lassen wir es uns gut gehen. Ich kenne da eine nette Bar ganz in der Nähe, ‚Chez Nous', du bist mein Gast. Und jetzt bitte kein Widerspruch, verstanden?."

Dr. Herrmann ist ganz und gar nicht nach Bar zumute: „Wolf, das mit der Einladung ist an sich eine gute Idee. Aber bitte nicht das ‚Chez Nous'. Wenn ich nur an Französisch denke, ist es bei mir vorbei. Kannst du das verstehen?" „Also, so weit sollte deine Allergie gegen die Franzosen auch nicht gehen. Die haben eben eine andere Philosophie als wir. Aber vergesse je mal das Business und kümmere dich mehr um deine wirklichen Bedürfnisse. Was war früher mal deine Spezialdisziplin? Oder täusche ich mich da?" Karlsheim grinst über das ganze Gesicht. „Nein, nein", lächelt Dr. Herrmann, „du täuschst dich nicht. Aber ich bin jetzt mehr mental tätig, zum Beispiel Sudoku. Übrigens, Poker ist auch eine Alternative." „So gefällst du mir schon besser. Okay, einigen wir uns auf Strip-Poker", sagt Karlsheim, „also, worauf warten wir? Der Abend ist kurz. Lass uns gehen, bevor die Bürgersteige hier hochgeklappt werden. Wir sind nicht in Deutschland. Das solltest du nicht vergessen." Dr. Herrmann schüttelt den Kopf: „Wolf, du hast gewonnen."

Kurze Zeit später nehmen die beiden den Aufzug nach unten und entschwinden im nebligen London.

39. Hillary Step

Wir managen Gesundheit - ,step by step on the hill' - der Name ist gleichzeitig Programm. Irgendwie sprach der Slogan Paulson an. Ein kurzer Blick in Google hatte genügt, und er wusste mehr über die Grundidee dieses kleinen, aber feinen Fitnessstudios im Südosten der Stadt. Der sogenannte Hillary Step soll das letzte ernsthafte Hindernis auf dem Anstieg zum Mount Everest über die Standardroute sein. Er ist eine der wenigen Stellen der Südroute, an denen man richtiges Klettern beherrschen muss, um ohne fremde Hilfe diese Passage zu bewältigen. Der vor Paulson liegende Berg scheint mindestens genauso schwierig wie diese Route zu sein, trotz unzähliger Therapieansätze, Fastenwanderungen, Thalasso- und Schlammkuren. „Verflucht noch mal, warum komme ich nicht mehr richtig auf Touren?" Diese Frage verfolgt ihn unentwegt.

Nun stehen zwei- bis dreimal wöchentlich Gymnastik-übungen in einer kleinen Gruppe auf dem Programm, montags „Deep Impact", mittwochs „Pilates" und samstags „Back and Stretch", jeweils sechzig Minuten.

Die ersten Übungsstunden sind total ernüchternd und frustrierend. Sein Blick wandert immer wieder beschämt nach links und rechts. Mit Fragen wie „warum sieht das bei den anderen so einfach aus" oder „warum tue ich mich so schwer damit" martert er regelmäßig sein Hirn. Nicht nur einmal stellt sich Paulson die grundsätzliche Frage: „Werde ich das jemals halbwegs schaffen?"

Trotz aller Bedenken rafft er sich aber immer wieder auf, die Kursstunden zu besuchen. Im Laufe der Wochen kommt er dann auch in Kontakt mit einigen anderen Teilnehmern, überwiegend deutlich jüngeren. Sie finden es super, dass „du dir in deinem Alter noch so etwas antust." Soll er nun darüber lachen oder weinen? Er ist jedenfalls weiter motiviert, zumindest derjenige zu sein, der nie eine Kursstunde versäumt. Hinzu kommt, dass die Gruppe ihm das Gefühl vermittelt dazuzugehören, unabhängig seiner körperlichen Einschränkungen und des Alters.

Professionell durchgeführte Übungsstunden, insbesondere „Deep Impact" und „Back + Stretch", lassen ihn allmählich hoffen. Andi, ein drahtiger, unglaublich beweglicher Münsterländer mit dem ihm eigenen Humor, schafft es tatsächlich, die tiefer liegende Rückenmuskulatur bei Paulson etwas zu lockern, mit dem Ergebnis, dass dieser, zumindest an den Abenden nach dem Kursbesuch, sich fast schmerzfrei fühlt. Was ein Wohlgefühl nach langen Jahren des Suchens nach einer geeigneten Therapie. Die neue Lockerheit im Rücken wirkt sich auch auf sein Gemüt aus. Plötzlich geht manches leichter von der Hand. Er spürt, wie langsam wieder Blut durch seine Adern fließt und Hormone aktiviert werden.

40. Herausforderung

An einem Mittwochabend, er schlüpft direkt nach „Pilates" in seine Winterstiefel, wird er angesprochen, ob er nicht noch zum Walking mitkommen möchte. Paulson ist völlig überrascht. Er lehnt erst mal dankend ab mit der Begründung, dass er kein geeignetes Schuhwerk dabei hätte. „Dann aber nächste Woche. Ich bin übrigens die Sissy", hört er eine gertenschlanke Frau sagen.

Sollte es so sein? Paulson versucht sich beim Walkingkurs mit sechs erheblich jüngeren Teilnehmern. Es kann losgehen. Nach etwa zehn Minuten überrascht Sissy die Gruppe mit dem Kommando: „Und jetzt joggen wir ganz gemütlich bis zum kleinen Teich." Paulson ist geschockt und glaubt zunächst, nicht richtig gehört zu haben. Joggen? Er bleibt instinktiv stehen, versucht, die Blockade seiner Gehirnwindungen zu lockern. Im Nu sind die anderen einige Meter voraus. Einer Eingebung folgend macht er erste Laufschritte. Seine Lendenwirbelgegend signalisiert sofort ungewohnt dumpfe Gefühle. Der Kopf stimmt sofort mit ein, dass das nicht gut gehen kann. Seine Intuition meldet dagegen, dass es doch gehen könnte. Was tun?
„Was ist los mit dir?", hört er eine Stimme von weiter vorne. „Ich komme schon", ist seine für ihn völlig überraschende Antwort. Er möchte zu gerne wissen, wer da soeben gesprochen hat. „Hoffentlich kein falscher Ehrgeiz", schießt ihm durch den Kopf. Vollkommen in Gedanken versunken ist er nun mit Joggen beschäftigt.

Die letzten Jahre haben ihn gelehrt, dass, frei nach Schopenhauer, Gesundheit zwar nicht alles, aber ohne Gesundheit alles nichts ist. Und plötzlich findet sich Paulson mitten im Pulk einer joggenden Walkinggruppe. Es scheint tatsächlich zu gehen. Was die anderen um ihn herum denken, ist in diesem Moment völlig unwichtig. Er sehnt sich nur den besagten Teich näher kommen. „Geschafft", japst er, sein Herz scheint ohne Ende zu rasen. Ob vor Freude oder Erschöpfung, spielt in diesem Moment keine Rolle. Die ersten Laufschritte sind getan. Ob noch einige mehr dazukommen sollen, wird die Zukunft zeigen. Ein Versuch jedenfalls ist es wert. Und eines steht auch fest: Sissy hat einen Kursteilnehmer mehr.

Am nächsten Morgen im Büro muss Paulson sofort Maria von seinem Erlebnis erzählen. Die schaut ihn erst völlig ungläubig an, kommentiert dann aber das Ganze mit: „Also, bis zur nächsten Olympiade wird es knapp. Aber so wie ich dich kenne, wirst du dich bald zu einem Marathon anmelden. Soll ich schon mal im Internet nachschauen, wann in der Nähe was stattfindet?"

In diesem Moment kann Paulson überhaupt keinen Scherz verstehen: „Maria, jetzt mach dich bitte nicht lustig über mich. Ich bin doch nur happy, dass ich noch nicht ganz tot bin." Maria lächelt: „Chef, das weiß ich doch schon lange. Nur du musst es noch begreifen. Du alter Dickschädel." „Dickschädel", brummt er, „ist okay. Aber nicht alt. Einverstanden?" Maria kann nur lachen über das große Kind, das vor ihr steht. Und dieses Kind will, wie im Grunde genommen alle Kinder, nur Lob und Anerkennung hören. „Einverstanden, Chef", sagt sie schnell, „und jetzt solltest du dir die Post mal anschauen. Die wartet auf dich."

41. Achillesverse Träumen

Kaum hat es sich Paulson in seinem Bürosessel bequem gemacht, übermannt ihn ein bekannter Traum: „Sanfte Töne lassen ihn aus dem Bett gleiten. Wassertropfen huschen perlend über seine Haut, verschwinden im Nebeldunst. Er fühlt sich frisch, stark, bereit für eine große Herausforderung. Um ihn herum nur fröhliche Zeitgenossen, die sich alle für einen langen Weg bereit machen. Der Countdown rückt näher. Alles läuft wie in Trance ab. Die wenigen Kilometer vom Hotel zum Startbereich vergehen wie im Fluge. Und schon liegt ein sonnenüberflutetes Areal mit imposanten Gebäuden vor ihm. Was ein farbenprächtiges Bild. Eine riesige Zeltstadt, gigantisch, links davor ein mächtiges Tor mit Pferden. Unzählig viele Menschen jubeln, feiern, singen, lachen. Laute Rockmusik ertönt, die plötzlich von einem gewaltigen Chor übertönt wird: Drei, zwei, eins. Und ab geht die Post."

Ist es ein Zufall, dass Paulson nun schon zum zweiten Mal diesen Traum hatte? Träume sind für ihn sowieso ein ganz spezielles Thema. Er sah sich immer als Realist und nicht als Träumer. Oder fehlen Träume gar in seinem Repertoire?

Er erinnert sich, dass die Teilnehmer eines Fortbildungsseminars am Ammersee vor vielen Jahren ihre Träume auflisten sollten. Sein Ergebnis war ernüchternd: Er hatte keine, zumindest nicht in seinem Bewusstsein. Und zu seinem Unterbewussten gab es damals keinen Zugang.

All das, was er sich bis dato vorstellen konnte, das hatte er auch erreicht. Na ja, so mehr oder weniger. Und was er nicht zu erreichen glaubte, das traute er sich nicht zu träumen. So einfach ist das. Erst viel später wird er verstehen, dass er Angst hatte, mögliche Erwartungen nicht erfüllen zu können. Die bewusste Auseinandersetzung mit seiner Kindheit im Rahmen einer Gesprächstherapie sollte ihm erste Einblicke geben in diesen bisher völlig unzugänglichen Teil seines Seelenlebens.

Langsam dämmerte ihm, dass da irgendeine Logik dahintersteckt. Eine Logik, die sich Paulson aber immer noch nicht gänzlich erschließt. Das ärgert ihn, denn er sieht sich nicht als einen besonders komplizierten oder gar schwierigen Menschen. Ganz im Gegenteil. Er ist in seinem bisherigen Leben mit fast allen Menschen gut klargekommen. Und die wenigen Ausnahmen hat er für sich abgehakt, ganz bewusst, nicht verdrängt.

Ebenso hat er gelernt, dass Niederlagen, Demütigungen, generell negative Erfahrungen ihm die Chance gaben, mehr über sich selbst zu erfahren. „Das kann kein Seminar und kein Mentalcoach bieten. Das Leben ist der beste Lehrmeister", doziert er mal wieder vor sich hin, „im ersten Moment tut es zwar verdammt weh, aber im Laufe der Zeit merkt man dann, wie sinnvoll und nützlich solche Tiefschläge sein können. Natürlich unter der Voraussetzung, dass man bereit ist, daraus lernen zu wollen."

In der Vergangenheit hatten ihm einige Personen das Leben nicht gerade einfach gemacht. Ganz spontan fällt Paulson ein ehemaliger Englischlehrer, ein cholerischer Chef und natürlich Langer ein. „Dank euch allen", posaunt er in einem Anflug von Übermut heraus, nachdem er mit dem Vergangenen seinen inneren Frieden geschlossen hatte. Statt Selbstvorwürfe sieht er das Geschehene nun als notwendigen Lernprozess seiner persönlichen Reifung. Das eröffnet neue Perspektiven für die rückblickende Betrachtung seines Lebens als auch Hoffnung auf eine gute Zukunft.

42. Pegasus

Das regelmäßige Laufen ist mittlerweile zu einem festen Bestandteil seines Lebens geworden. Er hat sich mehrere Paar Joggingschuhe zugelegt und dabei einen sehr kompetenten Laufprofi kennengelernt, der früher als Marathoni aktiv war. Heute betreibt er einen kleinen Laden, der sich auf Läufer spezialisiert hat: PEGASUS. Paulson spürt vom ersten Moment an, dass dieser Mann sein Geschäft versteht. Er nimmt dessen Empfehlungen rund ums Laufen sehr ernst und lässt sich bereitwillig in neue Trainingsformen einführen.

Beim heutigen Besuch wird er überraschend gefragt, wie viele Kilos mittlerweile auf der Strecke geblieben sind. Paulson ist überfragt, denn er hat in den letzten Jahren zu Waagen ein sehr distanziertes Verhältnis aufgebaut. Am liebsten macht er darum einen großen Bogen. Denn sie sind in seinen Augen primär dazu geeignet, Menschen zu demotivieren. Folglich hat er sie aus seinem Leben gestrichen. Paulson kann sich allerdings noch an die Ermahnung der Kurärztin erinnern, die damals meinte, dass weniger als einhundertundzwanzig Kilogramm für einen geschundenen Rücken durchaus förderlich sein könnten.

„Haben Sie eine Waage hier?", ist seine überraschende Reaktion. „Klar", hört er, „kommen Sie mit nach hinten." Paulson folgt brav und kann der Anzeige kaum glauben: „101." „Geht die wirklich richtig?", will er sogleich wissen. „Und ob", erfährt er, „ohne Schuhe und Kleidung sind Sie unter der magischen Grenze von einhundert Kilogramm." Er blickt an sich herab, tatsächlich, mit Schuhen.

Das ist das absolute Highlight für heute. Freudetrunken verlässt er kurz darauf den Laufladen und setzt sich in sein Auto: „Stem, wie hast du das geschafft?", möchte er wissen, „weniger, aber dafür bewusster essen, mehr Wasser, kaum Alkohol trinken, regelmäßige Bewegung und Gymnastikkurse, mehr ist es im Grunde genommen nicht. Ist es wirklich so einfach?" Paulson kann es kaum glauben und würde am liebsten sofort die ganze Welt davon in Kenntnis setzen.

Kaum zu Hause angekommen, zieht er seine Sportschuhe an, füllt seine Trinkflasche und macht sich unverzüglich auf in den nahegelegenen Kurpark. Diszipliniert dreht er mit einem140er-Puls seine Runde und freut sich über die leichten Beine. Heute geht das Laufen fast wie von alleine. Er läuft und läuft und läuft. Er blickt auf die Uhr: 7,1 Kilometer. Sein nächster Gedanke folgt sogleich: „Wenn ich das drei Mal schaffe", er ertappt sich bei einem bisher nicht erlaubten Gedanken. „Drei Runden wären ein halber Marathon", rechnet er, „ein Halbmarathon. Ein ganzer Halbmarathon."

Einige Wochen später begleitet er einen seiner Söhne zum Frankfurt-Marathon. Er bewundert ihn, der den Mut hat, sich mit gerade mal zwanzig Jahren so einer Herausforderung auszusetzen. Als Paulson die vielen jungen, mitteljungen und nicht mehr ganz jungen Läuferinnen und Läufer sieht, kann er seinen Junior sehr gut verstehen. Der Start erfolgt zügig, doch muss er sehr lange warten, bis sein Sprössling endlich das ersehnte Ziel erreicht. Er hat es tatsächlich geschafft: Zweiundvierzig Kilometer an einem Stück. Der Zieleinlauf in der Festhalle auf dem blauen Teppich ist wohl allein alle Strapazen wert. Nach weiteren dreißig Minuten bangen Wartens erscheint Sohnemann dann total abgekämpft, aber auch voll glücklich. Er nimmt ihn in den Arm und will ihn drücken. „Nicht so kräftig, Papa", stöhnt dieser. Erst viel später sollte er erfahren, wie sich die Muskulatur nach so einer Anstrengung anfühlt. Wie stand doch so treffend auf dem Plakat einer Fangruppe in der Biegung zur Zielgeraden: „Der Schmerz geht, der Stolz bleibt." Dieser Tag ist der Wendepunkt in seinem Leben. Doch Paulson weiß es noch nicht.

43. Götter in weiß

Eines Abends sucht er das Gespräch mit seinem Gymnastikcoach Andi und fragt ganz vorsichtig, ob dieser sich vorstellen kann, dass er irgendwann vielleicht mal einen Halbmarathon laufen könnte. „Darauf warte ich seit Wochen", meint Andi, „Nachtigall, ich hör dir trapsen. Klar kann ich mir das vorstellen. Aber lass dir Zeit mit der Vorbereitung. Was hältst du davon, wenn ich dir einen Trainingsplan für die nächsten sechs Monate erstelle? Das würde auf jeden Fall Sinn machen." Das findet Paulson auch und ist hellauf begeistert.

Fortan freut er sich Woche für Woche auf seine Gymnastikkurse und die anschließende Laufgruppe. Und er ist mittlerweile vom Walking auf Jogging umgestiegen, hat bald den Level „Fortgeschrittener II" erreicht.

Nach den positiven Erfahrungen beim ersten Fastenwandern entscheidet sich Paulson zu einer weiteren Auszeit. Das für ihn entscheidende Argument ist die erneute Entgiftung seines Körpers, da er in der Zeit nach dem Burnout wieder größere Mengen an Medikamenten nehmen musste. Das flüchtige Lesen der in den Beipackzettel aufgelisteten Nebenwirkungen hatte ausgereicht, ihm Angst und Schrecken einzujagen.

Im Laufe seiner Krankengeschichte hatte er gelernt, dass der beste Arzt weder im Telefonbuch noch in Ärzterankings zu finden ist. Er ist mittlerweile davon überzeugt, dass die Natur den Menschen im Prinzip mit ausreichend Selbstheilungskräften ausgestattet hat, die es jedoch beständig zu stärken gilt. Aber wie? Nur mit Kamillentee trinken oder Vollkornbrot essen scheint es nicht getan zu sein. Das ist ihm schon klar. Erst das Lesen einiger Bücher mit merkwürdigen Titeln wie „Warum die Tomate dick macht" oder „Das Dreieck des Lebens" haben ihn schlau gemacht, was der menschliche Organismus generell zum Funktionieren benötigt. Wer ist schon über siebenundvierzig Aminosäuren informiert, geschweige denn weiß, was ein Defizit von ihnen an Geist, Körper oder Seele verursachen kann.

Sein erstes Aminogramm bringt erhebliche Defizite zum Vorschein, die seinen Knockout sehr gut erklären. Paulson ist fasziniert, was die moderne Diagnostik mittlerweile leisten kann. Nicht so toll findet er, dass viele gut ausgebildete, erfahrene Hausärzte ein ziemlich gestörtes Verhältnis zu Kollegen anderer Fakultäten haben. Eigentlich sollten die sich unterstützen. Die Realität sah anders aus: Sie konkurrieren nicht nur miteinander, nein, sie machen sich teilweise gegenseitig auch noch schlecht, frei nach dem Motto: „Es soll keine anderen Götter neben mir geben." Der Leidtragende dieses üblen Spiels ist der leidende Patient, der zudem immer mehr verunsichert wird. Die Frage „Wem soll ich denn nun glauben?" hat sich ihm mehr als nur einmal gestellt. Er hat sich etliche Male verdammt verlassen gefühlt.

Irgendwann hat Paulson seine eigenen Schlüsse daraus gezogen. Er betrachtet fortan Verordnungen von Ärzten als subjektive Empfehlung eines einzelnen, nicht mehr und nicht weniger. Die Entscheidung, was er davon umsetzt, hat er zu seiner eigenen Sache gemacht, zur Chefsache. Und wenn Körper, Geist oder Seele negative Signale aussenden, legt er unverzüglich eine Vollbremsung ein, die er für sich als ‚Prinzip Eigenverantwortung' bezeichnet. Es dauerte lange, bis er kapiert hatte, dass er, und nur er alleine, für sich verantwortlich ist. Es sind nicht die Gene, nicht die bösen Nachbarn und auch nicht die Kommunisten, die ihn an den Rand des körperlichen Ruins geführt hatten. Nein, er allein ist mit seinem Lebensstil und seiner Bequemlichkeit dafür verantwortlich: „Es ist eben viel einfacher, gesundheitliche Probleme an andere, sogenannte Spezialisten zu delegieren, als sich selbst um mögliche Ursachen und deren Beseitigung zu kümmern". Komischerweise hatte er sich in der Vergangenheit für fast alles verantwortlich und zuständig gefühlt, nur nicht für seine eigene Gesundheit. Die hatte er bereitwillig in die Hand der ‚Götter in weiß' gegeben.

Seitdem Paulson nun die Verantwortung für sich selbst übernommen hat, geht es wieder aufwärts. Mittlerweile kann er nur noch darüber lachen, wie viele ihm zum Beispiel vehement vom Fasten abgeraten hatten, weil es doch nur unnötigen Stress für den Körper brächte. Oder auch vom Joggen, bei seiner Geschichte an Vorerkrankungen. Er hatte sich sogar so weit beeinflussen lassen, dass seine alten Laufschuhe in den Müllcontainer gewandert und durch Wanderschuhe ersetzt worden waren. Sätze wie „andere wären froh, wenn sie überhaupt noch spazieren gehen können" klingen ihm bis heute noch in den Ohren nach. Zum Glück hatte ihn das Schicksal in die Knie gezwungen. Er hat daraus gelernt, auf seine innere Stimme zu hören und sich selbst mehr zu vertrauen.

Dies ändert zunächst jedoch nichts an der hohen Medikamentenbelastung einzelner Organe. Deshalb sitzt er jetzt im Flieger nach Madeira und lässt bei einem leckeren Mineralwasser die letzten Monate noch einmal Revue passieren. Es ist eine Menge passiert. Das Wichtigste davon ist sein neues Verständnis der eigenen Person. Bisher hat sich Paulson primär verantwortlich für meine Kinder und deren finanzielle Absicherung durch die Firma gefühlt. Ganz hinten auf seiner Prioritätenliste standen die eigenen Bedürfnisse, falls sie überhaupt für eine solche Liste vorgesehen waren. Seele und Körper haben viele Jahre treu und brav mitgespielt, doch irgendwann ist eben Schluss. Selbst die Bandscheibenoperation konnte ihn nicht zur Vernunft bringen. Erst der totale Blackout sollte die Wende zum Guten hin bringen.

In den Gesprächen mit Dr. Kohnmann hatte er realisiert, dass jeder Mensch sich erst einmal um sich selbst kümmern muss. Das war für ihn ein absolutes Novum, da er schon als Kind danach lechzte, Anerkennung und Beachtung von den Eltern zu bekommen. Und das funktionierte immer dann, wenn er es schaffte, den vermeintlichen Erwartungen anderer gerecht zu werden. Botschaften wie „das macht ein guter Junge doch nicht" oder „wenn du lieb bist, dann ..." verstärkten diese Tendenz. Das Ergebnis war, dass er, wie vielleicht andere auch, ganz normal wurde und sich unbewusst an den Erwartungen anderer orientierte.

44. Mit Dreißig geht's bergab?

Die Lebensweisheit „Der Kunde ist König" gilt auch für Berater, also musste Paulson den Erwartungen seiner Kunden gerecht werden. Dann kommen noch die Erwartungen von Frau, Kinder, Kollegen dazu, und fertig ist die sogenannte Normalität mit dem schleichenden Verfall der Kräfte.

„Ab dreißig geht's bergab", er fragt sich noch immer, warum der Normalmensch dies hinnimmt, als wäre es ein Naturgesetz. Ein Blick in die Tierwelt würde genügen, um zu erkennen, dass der so hoch entwickelte Mensch mit zu den wenigen Kreaturen gehört, die es fertigbringen, sich mit seiner modernen Lebensweise langsam, aber sicher umzubringen, sprich, möglichst viel dazu beizutragen, dass rechtzeitig der Alterungsprozess mit dem damit einhergehenden Vitalitätsverlust beginnt.

Paulson ist sich im Klaren darüber, dass je weiter sich der Mensch an den Erwartungen anderer orientiert, um so leichter er den Bezug zu sich selbst verlieren kann. Und zwar bis zu dem Punkt, an dem er sich selbst nicht mehr mag, weil er glaubt, dass er den an sich gestellten Erwartungen nicht mehr in vollem Umfang gerecht werden kann. Das einstmals blühende Leben erscheint dann bald nur noch grau in grau, verliert letztlich ganz seine Farben und auch jeglichen Sinn.

In den letzten Monaten vor seinem Burnout hatte sich in ihm ein richtiger Hass auf Spiegel aufgestaut, die ohne Gnade sein ganzes Elend präsentierten, vom inneren Elend der Sinnlosigkeit und Mutlosigkeit ganz zu schweigen. Jetzt scheint der Schlüssel für eine bessere Zukunft vor ihm auf dem Tisch zu liegen. Er muss nur zugreifen, ihn in sein eigenes Schloss stecken, um näher an die Lösung heranzukommen: Die Liebe, die Liebe zu sich selbst. Nicht die Liebe anderer, nein, er muss erst das Schloss zur Selbstliebe knacken. Ein Schloss, das gewaltig eingerostet ist.

Bekanntermaßen ist es nicht einfach, sich selbst anzunehmen, zu akzeptieren, mit allen Ecken und Kanten, sich Fehler aus der Vergangenheit zu vergeben, genauso wie mit Peinigern, die einen immer wieder piesackten und es so lange tun werden, bis man endlich mit ihnen Frieden geschlossen hat. Aber nicht die anderen sind es, nein, der Mensch ist es selbst, der keine Ruhe gibt.

Plötzlich überkommt Paulson ein süffisantes Schmunzeln. Bisher meinte er, dass „Ruhe in Frieden" erst auf seinem letzten Gang eine entscheidende Rolle spielen würde. Jetzt aber weiß er, dass er aktiv werden muss, Frieden schließen muss, mit sich und mit anderen. Und er darf nicht darauf warten, dass ihm dies jemand abnehmen wird. Es scheint, dass er seine Lektion gelernt hat: „Wer sich selbst nicht liebt, der kann auch andere nicht lieben. Und wer andere nicht liebt, muss sich immer wieder innerlich verbiegen, Dinge tun, die der Seele auf Dauer nicht guttun." Früher hätte er eine solche Einstellung als puren Egoismus abgetan, da ihm die kausalen Zusammenhänge nicht bekannt waren. Er hatte immer gedacht, dass es seine wichtigste Aufgabe wäre, sich um andere zu kümmern. Immerhin kann er nun auch wieder gelegentlich über sich selbst lachen. Wie sagte doch schon J. W. von Goethe in Faust I.: „Es irrt der Mensch, so lang er strebt." Und da Paulson irgendwann ein Streber geworden war, hatte er auch das Recht für sich in Anspruch genommen, sich fleißig irren zu dürfen. Leider auf Kosten seiner Gesundheit und Lebensqualität.

45. L.+E.+B.

Nach dem Anpfiff zur zweiten Halbzeit seines Lebens kümmert er sich nun intensiv um das Fundament seiner Zukunft. „Mein lieber Freund", hört er sich ab und zu sagen, „da hat einer ganz schön auf Sand gebaut. Kein Wunder, dass irgendwann die Statik nicht mehr stimmte und ein paar Wirbelchen sich verselbständigten. Aber es ist noch nicht zu spät. Nutze von jetzt an jeden Tag, es besser zu machen als in der Vergangenheit. Es gibt nichts Gutes, es sei denn du tust es." Paulson kratzt sich am Hinterkopf und lächelt vor sich hin: „Das hat doch schon mal einer gesagt. Oder irre ich mich?"

Er muss aber auch feststellen, dass es gar nicht einfach ist, mit sich selbst respektvoller umzugehen. So ertappt er sich immer wieder, wenn er sich mit „ Blödmann", „Idiot" und anderen wenig schmeichelhaften Bezeichnungen tituliert. Diese sollen nun peu à peu ersetzt werden durch positive Formulierungen wie „mein Guter" oder „mein lieber Freund".

Da die wesentlichen Zusammenhänge zwischen Körper, Geist und Seele nicht ganz einfach sind, hat er beschlossen, hier und jetzt im Flieger seine Erkenntnisse schlagwortartig auf einer einzigen Seite zusammenzufassen. Er war schon immer ein Freund des One-Page-Managements. Ist es nun Zufall oder Fügung, dass die Anfangsbuchstaben der drei zentralen Themen **L.E.B.** ergeben? **L**oslassen, **E**rnähren, **B**ewegen. Dieses Bündel von Einflussfaktoren bestimmt von nun an sein Verständnis von Vitalität, von richtigem Leben. Er versucht jeden Faktor zu operationalisieren, so dass Vitalität mehr und mehr eine messbare Größe wird, bei der jeder einzelne Faktor sowohl Chancen als auch Risiken beinhaltet. Das sind seine Stellschrauben die Zukunft aktiv

149

zu gestalten. Vitalität ist genau das, was er für sich anstrebt. Paulson will nicht alt werden nach dem Motto: „Ab dreißig geht es nun bergab." Nein, er will alt werden und dabei vital bleiben. Dazu muss er aber erst einmal gesund werden. Und ein Baustein dazu ist das bevorstehende Fastenwandern auf der Insel des ewigen Frühlings: Madeira.

Er blickt staunend aus dem Flieger als die Maschine im Meer zu landen scheint. „Das fängt ja toll an", bemerkt er mit einem kurzen Blick zu seiner Nachbarin, die ihn wie ein Weltwunder anblickt. „Sie können ja reden", stellt diese fest. Tatsächlich war er während des gesamten Fluges so in seine Gedanken vertieft gewesen, dass er nichts um sich herum wahrnehmen konnte. Erst später sollte er erfahren, dass die Landebahn in Funchal auf Holzstelzen in das Meer hinaus verlängert worden war, da die eigentliche Landebahn an Land zu kurz für größere Flugzeugtypen ist. Seine Beschäftigung mit **L.E.B.** hatte dazu geführt, dass die knapp vier Stunden Flugzeit im Nu vergangen waren. Madeira kann kommen.

Paulson verlässt bestens gelaunt den Flieger. Die sagenumwobenen Wanderungen auf einer immergrünen Insel, entlang der Levadas, künstlichen Wasserläufen, einschließlich vieler Tunnels durch das Felsgestein können kommen.

46. Abgründe

Bereits am nächsten Tag bereut er seinen Entschluss hierher gekommen zu sein. Das Hotel ist zwar ausgezeichnet, doch die Höhenlage verspricht wenig Gutes für Menschen mit Höhenangst. Kaum fünfzig Schritte außerhalb des Hotels kann er bereits in schwindelerregende Täler blicken. Die einen genießen die traumhaften Aus- und Einblicke, andere wie Paulson wären nie angereist, wenn sie sich dessen vorher bewusst gewesen wären. Er hat zwar die Fastenleiterin bereits am ersten Tag über seine Höhenängste informiert, doch entschärfte dies nicht die geplante Einstiegstour. An einigen Passagen überkommen ihn immer wieder Höllenängste. Er würde am liebsten sofort wieder umkehren. Doch er marschiert weiter und grübelt darüber, was die Ursache für sein klatschnasses Hemd ist: Die Anstrengung, viele Höhenmeter zu meistern, oder die Angst vor dem Fall in die Tiefe. Paulson reißt sich immer wieder zusammen, da er sich auch nicht vor den anderen blamieren möchte.

Auf dem Rückweg über eine höher gelegene Levada muss die Gruppe eine Talschlucht überqueren. Normalerweise gibt es dazu zumindest eine Art Hängeleiter, an der man sich links und rechts festkrallen kann. Der Rest ist dann reine Geduldssache und im Notfall auch mit geschlossenen Augen zu bewerkstelligen. Diesmal muss man aber über einen knapp zwanzig Zentimeter breiten und gut zehn Meter langen Balken balancieren, unter dem sich in schwindelerregender Tiefe ein reißender Bach in Richtung Meer seinen Weg bahnt. Geländer oder zumindest Seil gibt es nicht. Ein Zurück gibt es auch nicht, da der größte Teil der Gruppe die Schlucht bereits überquert hat, einschließlich der stets voraus strebenden Fastenreiseleiterin. Paulson hämmert sich ein „nicht in die Tiefe schauen, immer geradeaus auf den Balken blicken, nicht in die Tiefe schauen, ...", ohne in diesem Moment an das Seminarspielchen mit den gelben Elefanten zu denken.

Hatte er nicht seinen Teilnehmern immer wieder klargemacht, dass das Unterbewusstsein das Wort „nicht" nicht kennt? Wenn man dann sagt: „Jetzt denkt bitte nicht an gelbe Elefanten", heißt das, dass jeder sofort an gelbe Elefanten denken wird. Und er, der erfahrene Coach, gibt sich hier den Befehl „... nicht in die Tiefe ... schauen." Ohne Worte.

Aber die fehlen ihm ohnehin in diesem Moment. Er holt tief Luft und möchte den ersten Schritt tun, als ihm bewusst wird, dass er in jeder Hand einen Wanderstock hält. Verlöre er das Gleichgewicht, könnte er nicht einmal versuchen, sich für einige Momente an dem Balken festzuhalten. Eine hinter ihm wartende Fastenkollegin erkennt sein Dilemma und nimmt ihm die Stöcke ab. „Ohne die Dinger kommst du besser rüber, du schaffst das schon", macht sie ihm Mut. Er atmet ein weiteres Mal tief durch und wagt zaghaft die ersten kleinen Schritte in Richtung Mitte des Balkens. Mehr als tausend Meter unter ihm das tosende Meer. Er kann nicht anders. Wie von magischen Kräften angezogen geht sein Blick nach unten. Sein Herz scheint stehen zu bleiben, als er leicht ins Wanken kommt. „Nur nach vorne auf den Balken schauen", hämmert er sich ein. Das hilft weiter. Das rettende Ufer naht. Er rennt los, als ginge es um sein Leben. Einigen aus der Gruppe war sein innerer Kampf nicht verborgen geblieben. Wie er später erfahren sollte, haben ihn fast alle beobachtet und kräftig Daumen gedrückt.

Nach diesem Kraftakt sinkt er wortlos auf den erstbesten Baumstumpf, stiert auf den Boden in eine unendliche Leere. Paulson versucht durchzuatmen, was aber erst nach einigen Augenblicken gelingt. Das kann doch alles nicht wahr sein. Er schaut hoch, schüttelt mehrmals den Kopf und murmelt geläutert vor ich hin: „Nein, und nochmals nein."

Langsam kehrt wieder Leben in seinen ermatteten Körper. Er erhebt sich und trottet mit leblosem Blick hinter der Gruppe her. Kaum im Hotel angekommen verschwindet er wortlos in seinem Zimmer. "

Das gemeinsame Abendfasten und die danach folgende obligatorische einstündige Informationsrunde über Fastengeheimnisse lässt er komplett verstreichen. Paulson liegt wie in Trance auf seinem Bett und macht sich schwere Vorwürfe: „Bist du denn komplett verrückt? Warum machst du so etwas mit? Warum lässt du so etwas mit dir machen? Warum? Warum nur?" Dann nickt er weg.

In der Nacht wälzt er sich unruhig im Bett, von einer auf die andere Seite, erwacht mehrmals schweißgebadet, sieht reißende Ströme, Felsvorsprünge, Hängeleitern und ungesicherte Balken. Ihm ist speiübel, und er muss sich mehrmals übergeben. Sein Kopf brummt ohne Ende. Erst gegen Morgengrauen bessert sich sein Zustand, sodass sich langsam die ersten klaren Gedanken entwickeln können. „Warum habe ich mir das angetan?", will er immer wieder wissen, „warum nur? Ich muss hier doch Niemandem etwas beweisen."

Die Morgengymnastik lässt er ausfallen, erscheint aber pünktlich zum Frühstück mit Tee und Heilerde. Nach der Vorstellung des Tagesprogramms meldet er sich mit leicht bebender Stimme zu Wort:

„Wie ihr alle mitbekommen habt, ging es mir gestern sehr schlecht. Ich klinke mich ab sofort bei allen Wanderungen in der Gruppe aus, ohne Wenn und Aber. Die Gruppensitzungen, Gymnastik, Ausflüge und so weiter mache ich gerne mit, aber Levadawanderungen unternehme ich nur noch alleine oder mit jemandem, dem es gestern ähnlich erging wie mir. Ich wünsche euch für die heutige Wanderung viel Spaß. Fragt nicht nach dem Warum, sondern respektiert einfach meine Entscheidung. Danke."

Während seiner Ansprache ist es still geworden im Seminarraum. Die Spannung löst sich erst, als eine Teilnehmerin aufsteht, ihn in den Arm nimmt und herzlich drückt. Sie freut sich lautstark über seinen Mut, zu einer vermeintlichen Schwäche offen und ehrlich zu stehen. Und nicht nur das. Sein Beispiel gibt zwei anderen Teilnehmern die Kraft, auch zu ihren Ängsten und Befürchtungen zu stehen. Sie schließen sich ihm spontan für die nächsten Tage an.

Nach dieser Aktion verspürt Paulson eine unglaubliche Erleichterung. Sein Magen entkrampft sich, und er muss sich ganz schnell zurückziehen. Die gewünschte Entgiftung kann ungehindert stattfinden. Die von den Dreien an den folgenden Tagen durchgeführten Wanderungen verlaufen alle total entspannt und wohltuend für Körper, Geist und Seele. Sie haben allerdings den Eindruck, dass ihre ehrgeizige Fastenleiterin nicht so ganz glücklich mit dieser Entwicklung ist. Aber das ist wirklich nicht das Problem der Aussteiger.

Als er zehn Tage später wieder zu Hause ist, erzählt er Maria die ganze Geschichte. Ihr ungläubiger Blick verstärkt sein Gefühl, dass sie vom Fasten, und dann noch in Verbindung mit mehrstündigen Wanderungen, nicht besonders erbaut ist. Es dauert länger, bis auch sie sich über seine verlorenen Kilos und seine neue Demut vor dem Leben freuen kann. Mit seinem Souvenir liegt Paulson zumindest richtig: Der farbenfrohe Magnet von der Insel Madeira schmückt nun die Dunstabzugshaube der kleinen Büroküche.

burn for

47. Durchbruch

Die Ereignisse der letzten Monate haben bei Paulson deutliche Spuren hinterlassen. Insbesondere seit dem letzten Fastenwandern überkommen ihn immer wieder Phasen, in denen seine Fantasie komplett mit ihm durchgeht. Mit der Zeit stellt er fest, dass sich immer mehr Themen einstellen, die nichts oder nur sehr wenig mit seiner bisherigen beruflichen Tätigkeit zu tun haben. Er hat zu Schreiben begonnen, erst Tagebuch, dann Reiseberichte. Und irgendwann hat sich das Verfassen von Kurzgeschichten zu einem neuen Hobby verselbstständigt. Sein gesamtes Leben ist in Bewegung geraten. Es läuft. Und er läuft. Eine Menge hat sich verändert.

Das regelmäßige Laufen am Rhein entlang mit Start und Ziel in Eltville bekommt Paulson sehr gut. So auch heute. Er atmet tief durch, kontrolliert seine Laufuhr und ist freudig überrascht: Mehr als zehn Kilometer in knapp zweiundfünfzig Minuten. So schnell war er noch nie seit seinem zweiten Re-Start unterwegs gewesen. Er rechnet kurz hoch und stutzt: „Dann könnte ich ja einen Halbmarathon in einer Zeit unter zwei Stunden schaffen. Theoretisch. Aber erst muss ich die einundzwanzig Kilometer an einem Stück packen." Er horcht in seinen Rücken hinein und bekommt eine klare Rückmeldung: „Alles im grünen Bereich."

Zurück im Büro setzt er sich an seinen PC. Er öffnet den Laufkalender: In gut drei Wochen findet ein Lauf rund um die Commerzbankarena statt. Er kennt die Strecke von einem Einsteigerseminar für Läufer. Sie ist ideal für ihn, topfeben und überwiegend durch den Wald führend.

Nach wenigen Minuten ist die Anmeldung per Internet perfekt. Der erste Halbmarathon kann kommen.

Rolf Tanner hat seine Hausaufgaben bezüglich des Professors gemacht. Nach längerem Suchen fand er mit Hilfe des Internets etwas, das allen zugänglich ist, und das nicht in Widerspruch zu seinem Gelübde steht:

... Zum runden Geburtstag des Freimaurers Friedrich des Großen ist eine aufwändige Dokumentation in Vorbereitung. Eine Stiftung wird die Ausstellung organisieren, die im ehemaligen Palazzo das Vermächtnis des Alten Fritz würdigen soll. Für die Eröffnungsrede soll Prof. Dr. Dr. Schierenberg gewonnen werden.

Auch über Karlsheim hat er Interessantes zu Tage gebracht. Dessen Spezialthema sind Uhren:

... Nicht immer sind die freimaurerischen Symbole auf den Zifferblättern zu sehen. Weit häufiger verbergen sie sich im Uhrwerk oder im Rahmen des Uhrwerks. Einige Taschenuhrfabrikate haben auch auf der Rückseite eine Glasscheibe, um einen Blick in das Innere zu gewähren.

Das kann nur eins bedeuten: Karlsheim und dieser Herr Professor kungeln zusammen, als Logenbrüder. Tanner muss irgendwie mit dem Professor verwandt sein, Sohn, Stiefsohn, unehelich, oder was auch immer. Er ist der Handlanger, der Mann fürs Grobe. Ein hartes Los. Und irgendwann hat er das Ganze dann nicht mehr verkraftet.

Stemson stutzt: „Wenn die jetzt mitbekommen, dass der sich nicht länger benutzen lässt, könnte es tatsächlich eng für ihn werden. Und vielleicht auch für mich?"

48. Halbe Sachen

Solche Gedanken kann Paulson am ehesten durch Laufen verarbeiten. „Warum nicht gleich einen längeren Lauf angehen, so fünfzehn Kilometer?", fragt er sich, „oder als Alternative dazu ein Lauf zur Platte hoch und zurück?" Gesagt getan. Er fühlt sich körperlich gut. Ein Blick auf die Pulsuhr bestätigt seine Vermutung: 142 Puls sind ideal für die ersten Kilometer. Eine bisher unbekannte Leichtigkeit des Seins stellt sich ein, die ihm nur das Laufen schenken kann. Ein Gefühl, das plötzlich da ist, um dann allerdings genauso schnell wieder zu verschwinden. Im Moment bewegt er sich wie in einem Rausch und lässt seinen Gedanken freien Lauf. Die Beine diktieren das Tempo ohne Anstrengung ganz von alleine. Raum und Zeit sind plötzlich zu einem großen Ganzen verschmolzen. Vor seinem inneren Auge steht plötzlich eine Zahl: „3:59".„Was soll das?", fragt er, „so lange brauche ich doch nie und nimmer für einen Halbmarathon. 3:59, könnte das ein Zeichen sein für?"

Paulson stockt der Atem. Er stoppt abrupt ab, verweilt kurz, läuft dann gedankenverloren weiter: „Bin ich jetzt komplett übergeschnappt? Ich habe nicht einen einzigen Halbmarathon hinter mir und denke schon an einen ganzen? Wer oder was hat sich in dein Hirn eingenistet? Der Waldgeist oder der Marathonwahn? Bleib auf dem Boden, Junge. Du musst nicht schon wieder was erzwingen. Und du musst auch Niemandem etwas beweisen. Du läufst ausschließlich für dich, für deine Gesundheit. Und gesund sind zweiundvierzig Kilometer ganz bestimmt nicht. Auf der anderen Seite, wenn du den Halbmarathon packen solltest, warum nicht? Halbe Sachen waren nie deine Sache, oder?"

In diesem Moment erinnert ihn unsanft seine Laufuhr an den roten Bereich. Das heißt, es wird nicht mehr lange dauern bis die Muskulatur übersäuert ist. Er schaltet einen Gang zurück, was sein Puls jedoch nicht unmittelbar honoriert. Diese Reaktion kennt er mittlerweile. Erst nach knapp einer Minute, gefühlt entspricht dies bei ihm circa fünf Minuten, hat sich sein Puls dann wieder etwas erholt. Er läuft mit angezogener Handbremse weiter und freut sich, dass nur noch knapp sechs Kilometer vor ihm liegen. Sein Kilometertempo liegt im Moment bei 5:38 Minuten. Das ergäbe nach Adam Riese eine Halbmarathonzeit von auf unter zwei Stunden: „Wahnsinn, unter zwei Stunden, und schon im Ziel."

Paulson erinnert sich an seine ersten Laufschritte im Kurpark vor nicht einmal zwei Jahren. Und nun steht er kurz davor, einen Halbmarathon, einundzwanzig Kilometer, anzugehen. „Was eine Entwicklung! Hurra, ich lebe wieder", jubelt er. Der Übermut hat ihn gepackt. Er läuft und läuft bis zwanzig Kilometer erreicht sind. „Was sagt die Uhr dazu?", schießt ihm durch den Kopf: „20,11km, Durchschnittstempo 5:32 Minuten pro Kilometer." „Super, Weltklasse", er ist völlig aus dem Häuschen, als sich Maria am Handy meldet: „Gratulation, Chef", hört er. „Was? Wie?", will er wissen, „ich bin doch gerade erst angekommen." Maria antwortet, das sei nichts Neues, er sei doch schon länger angekommen. Nur hätte er es bisher nicht registriert. Paulson wischt sich den Schweiß ab, wechselt das Laufhemd und hält einen Moment inne: „Was hat die denn mit Ankommen gemeint? Weiß die etwa mehr als ich?"

49. Virusinfektion

Auf dem Weg nach Hause hat er sich schon auf ein Wannenbad gefreut. Er räkelt sich behaglich im wohltemperierten Wasser, als ihm einfällt, dass eigentlich nach dem Laufen Stretching auf dem Programm stehen sollte. „Ja, ja", grinst er vor sich hin, „das war noch nie deine Stärke. Gut, dass der Andi dich im Studio da richtig rannimmt. Also denk daran, jammern gilt nicht. Er will nur das Beste. Und das Stretchen deiner alten Knochen gehört eben dazu."

Eine neue Email von Tanner verheißt nichts Gutes:

„Habe mich hier mit einem Sch...Virus infiziert. Es ist Zeit, reinen Tisch zu machen. Meine Uhr tickt. Will ruhigen Gewissens den Abflug machen. Rolf"

Tage später teilt Tanner Paulson mit, dass der seine Motorräder stets aus dem Pool der Firmenfahrzeuge zur Verfügung gestellt bekommen hatte, auf spezielle Anweisung von Karlsheim. Die Nummernschilder wären regelmäßig getauscht worden, um eine Identifizierung zu verhindern.

Paulson ist geschockt. Nachdem er erst überlegt hatte, selbst nach Südafrika zu reisen, beschließt er, Maria in vollem Umfang einzuweihen: „Sie soll alle Informationen bekommen, die mir bekannt sind. Am besten sie würde sich bereit erklären, den Trip nach Südafrika anzutreten. Aber das wird nicht ganz einfach werden. Ich habe das Gefühl, dass die sich im Moment hier ganz wohl fühlt. Andererseits, ich muss auch mal an mich denken. Und da steht am Sonntag ein ganz wichtiger Termin an." Paulson lächelt zufrieden vor sich hin. Der Entschluss ist getroffen, Maria soll so schnell wie möglich nach Südafrika fliegen um Tanner beizustehen.

Zu seiner großen Überraschung bedarf es dazu keiner großen Überredung. Als Maria die Zusammenhänge erfahren hat, atmet sie kurz tief durch, schaut Paulson in die Augen und sagt: „Stem, natürlich helfe ich Rolf. Bete für ihn und mich. Und dir wünsche ich für kommenden Sonntag alles Gute. Verlauf dich nicht!"

50. Unter Vierundachtzig

Der Halbmarathon steht morgen an und Paulson hat noch nichts vorbereitet. Die Tasche nicht gepackt, die Schuhe nicht geputzt, die Trinkflaschen nicht zubereitet, die Gels für die Verpflegung unterwegs noch nicht eingekauft. Ein Blick auf die Uhr sagt ihm, dass sein Laufladen noch geöffnet haben müsste. Er setzt sich in den Wagen und brettert Richtung Waldstraße. Genau in dem Augenblick, als er vorfährt, will der Inhaber des Sportgeschäftes seinen Betrieb für heute einstellen. Paulson winkt ihm zu, was dieser wahrscheinlich als potenzielle Umsatzsteigerung interpretiert. Man kennt sich eben.

Nach dem obligatorischen Handschlag erzählt ihm Paulson von dem anstehenden Halbmarathon. „Das ist ja super", hört er, „Herr Paulson, ich muss schon sagen. Als Sie vor zwei Jahren zum ersten Mal zu mir kamen, sah das ganz anders aus. Erinnern Sie sich noch, als ich die Waage hinten aus dem Lager holte? Und heute? Sie sehen blendend aus. Wollen wir mal nachschauen, wie viel Kilos mittlerweile gepurzelt sind?" Paulson ist überwältigt von diesen Worten und strahlt. „Aber ja", antwortet er schnell, „da bin ich jetzt gespannt. Obwohl, eigentlich ist mir das Gewicht nicht so wichtig. Ich fühle mich wieder richtig gut, fühle mich wohl in meiner Haut, das ist das Wichtigste. Was, stimmt die Waage denn?" „Die stimmt, Herr Paulson, ich kann da nur noch vierundachtzig Kilos sehen, sehen Sie diese Zahl auch?" Vierundachtzig!

In diesem Moment weilt Paulson mit meinen Gedanken weit zurück in der Vergangenheit: „Wann hattest du das letzte Mal weniger als neunzig Kilogramm? Das ist verdammt lang her." Dann dreht er sich um und blickt in den Spiegel. Die Person, die da vor ihm steht, ist er? Wie oft hatte er davon geträumt. Genauso wollte er noch einmal in seinem Leben aussehen. Und nun ist es geschafft. Er blickt auf den Inhaber des Laufladens: „Sie können sich wahrscheinlich nicht vorstellen, was dieser Moment für mich bedeutet." „Was ich mir vorstelle, ist nicht wichtig, Herr Paulson, ich sehe Sie, ich sehe Ihre Figur, ich sehe den Glanz in Ihren Augen, mehr muss ich nicht sehen. Aber nun zum Geschäft, was kann ich für Sie tun?"

Es ist Paulson fast schon peinlich zu antworten: „Ich brauche ein paar Gels für Sonntag. Mehr brauche ich heute eigentlich nicht." Anschließend lässt er sich noch eine neue Schlüsseltasche zum Anstecken an die Hose zeigen sowie eine Oberarmhalterung für sein iPhone. Zuletzt entscheidet er sich noch für neue Shorts mit besonders hohem Seitenschlitz und für ein Kopftuch im Piratenlook.

Beim Bezahlen erläutert Paulson mit strahlender Miene: „Ich habe nicht vergessen, was Sie mir beigebracht haben. Keine Überraschungen beim Wettkampf. Ich werde all dies am Sonntag nicht benutzen und nehme mein gewohntes Equipment. Keine Sorge." „Herr Paulson", sagt ein strahlender Verkäufer, „so ist es. Keine Experimente beim Wettkampf. Sonst haben Sie doch gar nichts mehr zu tun während der nächsten Trainingsläufe."

Jetzt muss es raus: „Sie werden sich noch wundern. Wissen Sie was, Sie sind der Erste, dem ich das sage. Wenn der halbe gut läuft, dann gehe ich einen ganzen Marathon an. Ich habe mir das überlegt. Ich greife dann voll an."

„Lassen Sie sich Zeit für die Vorbereitung", meint der Spezialist, „ein ganzer Marathon ist eine andere Liga. Aber verstehen Sie mich bitte nicht falsch. Wenn Sie weiter so konsequent trainieren und an sich arbeiten, dann bin ich mir sicher, dass Sie auch das schaffen werden." Das klingt gut in Paulsons Ohren.

51. Mit Chauffeur

Unter der Dusche stehend meldet sich sein Telefon: „Wer will denn am heiligen Sonntag zu dieser frühen Zeit was von dir?", will er wissen und beeilt sich mit dem Abtrocknen. Er blickt auf das Display: „Sohnemann". Das ist eine Überraschung, denn normalerweise schläft dieser sonntags immer bis in die Puppen. Paulson ruft ihn sogleich zurück und erfährt, dass der bereits auf dem Weg zu ihm sei. „Du, das passt heute überhaupt nicht", versucht er ihm klar zu machen, „ich habe mich für meinen ersten Halbmarathon angemeldet und", Sohnemann unterbricht ihn abrupt: „Papa, das weiß ich doch. Was hältst du davon, wenn wir zusammen laufen? Ich habe mich kurzfristig auch angemeldet. Hallo? Bist du noch dran?"

Paulson ist völlig aus dem Häuschen und freut sich unbändig. Gemeinsam laufen? Unglaublich. Warum? Erstens war das bis vor zwei Jahren aufgrund seines Rückens überhaupt kein Thema. Zweitens waren seine Kinder nicht gerade auf Laufen vorprogrammiert. Aber das Leben hat eben seine eigenen Gesetze und fragt nicht danach, was gestern oder vorgestern war. Das Heute zählt. Und was heute vor ihm steht ist sein erster Halbmarathon. Und das zusammen mit Sohnemann.

Sie nähern sich bereits der Commerzbankarena. „Mit Chauffeur zum Marathon", geht Paulson durch den Kopf, „das kann doch alles nicht wahr sein." Dann werden die Startunterlagen abgeholt.

Wie es sich für einen Laufanfänger gehört, ist er mehr als eine Stunde vor dem Start fix und fertig angekleidet. Sohnemann klärt ihn auf, wie Profis den Champion-Chip am Laufschuh befestigen. Dann beginnt sein Kampf mit der Startnummer und dem Brustgurt. Auch hier ist die Unterstützung durch einen Erfahrenen sehr hilfreich. Paulson schaut ungläubig auf seine Laufuhr, die im Stehen einen Ruhepuls von „92" anzeigt: „Die funktioniert", informiert ihn sein Sohn, der sich mittlerweile rein visuell schon mehr in Richtung des anderen Geschlechts orientiert hat. „Etwas hoch für dein Alter", meint dieser, „aber mach dir keinen Kopf, das ist normal für einen Anfänger." Abschließend wandern die Sporttaschen zur Aufbewahrung in einen speziellen Trakt der Umkleidekabinen. Dann geht es in das Freie, bewaffnet mit einer Trinkflasche in der Hand. Die Vormittagssonne wartet bereits auf die Beiden.

Plötzlich muss Paulson lauthals lachen: „Ich weiß gar nicht, warum die davon reden, dass bei uns so viele Menschen Übergewicht hätten. Kannst du einen davon hier sehen?" Der schaut sich demonstrativ um und antwortet: „Nö, eigentlich nicht. Doch, da vorne, siehst du?" Paulson rückt seine Brille zurecht und stimmt zu: „Du hast Recht. Aber schau, der hat ein rotes Kreuz auf seinem Ärmel. Der braucht die Kilos, wenn er uns vielleicht nachher zum Sauerstoffzelt schleifen muss."

Nach dem obligatorischen Besuch des Dixi-Häuschens kurz vor dem Start geht es zum Startblock „1:45 – 2:00". Paulson spürt wie Nervosität sich in ihm breit macht. Gut dass er sich mit seinem Sohn unterhalten kann, bis endlich das „Drei, Zwei, Eins, Peng" ertönt. Frau Oberbürgermeisterin hat persönlich die Hetzjagd eröffnet. Und schon geht die Rempelei los. Von hinten wird kräftig geschoben, vorn stehen all die im Weg, die sich aus Unkenntnis ihrer vermeintlichen Zieleinlaufzeit oder aus welchen Gründen auch immer in die vorderen Startreihen verirrt haben. Man stolpert, flucht, schimpft, und nach kaum einhundert gelaufenen Metern fällt einem ein, dass er vor dem Start vergessen hat, seine Blase zu entleeren. Paulson will über so viel Dilettantismus gerade den Kopf schütteln, als direkt vor ihm ein Läufer in die Knie geht, um seine Schnürsenkel zu binden. „Voll…", entfährt es ihm, und auch andere schimpfen unüberhörbar: „Du Depp, musst du mir permanent in die Hacken treten." Ein Außenstehender kann sich kaum ein Bild davon machen, was innerhalb eines Läuferpulks auf dem ersten Kilometer so passiert. Es menschelt vorne und hinten.

Glücklicherweise entspannt sich auf dem zweiten Kilometer die Situation. Die „Schnecken" sind nach hinten durchgereicht worden, die „Raser" haben die Flucht nach vorne angetreten. Übrig bleiben Gleichgesinnte, die nun ihr eigenes Rennen vor sich haben. Man hat sein eigenes Lauftempo gefunden, plant bereits den ersten Boxenstop an Verpflegungspunkt „5", kramt nach Salztabletten und weiterer vermeintlich leistungssteigernden Hilfsmitteln.

Paulson hatte im Vorfeld in seiner Läufergazille gelesen, dass mindestens die Hälfte aller Amateurläufer schmerzdämpfende Mittel bevorzugt. „Fünfzig Prozent bei den Amateuren?" fragt er, „und wie viele dann bei den Profis?" „Wahrscheinlich weniger", meint Sohnemann, „die sind eben besser trainiert als wir." Paulson lächelt säuerlich: „Träum weiter, mein Sohn, und pass auf, dass dich nicht bald der Schmerz überholt." Jetzt verzieht sogar Sohnemann das Gesicht. Paulson hat den Eindruck, dass der Hauch eines Lächelns zu erkennen ist.

Die Beine sind gut, das Wetter noch besser. Eine strahlende Sonne schickt vereinzelte Strahlen durch den Riederwald. Es ist richtiges Laufwetter, angenehme Temperatur, nicht zu heiß, nicht zu frisch. Paulson blickt auf seine Uhr und staunt: „Deutlich unter der errechneten Zielzeit." Da es sich weiterhin gut anfühlt, gibt es keinen Anlass, das Tempo zu drosseln.

Bald geht es auf die zweite und damit letzte Runde. Nachdem die Zehnkilometerläufer aus dem Rennen sind, haben sich die Reihen merklich gelichtet. Insbesondere nach vorne gibt es reichlich Raum. Sohnemann nickt ihm stumm zu. Paulson interpretiert dies auf seine Art und legt den Overdrive ein. Zwei Euphorisierte brettern über den Waldboden, so zumindest die subjektive Wahrnehmung, und nehmen sich ein Läuferpärchen weiter vorne vor. Diese scheinen was geahnt zu haben und verschärfen ebenfalls das Tempo. Bald überkommt Paulson das Gefühl, dass sich der Abstand nach vorne nicht verkürzt, sondern eher verlängert. Beim Blick auf die Pulsuhr bleibt ihm fast der Atem stehen: „172". „Langsamer", japst er in Richtung seines Sohnes, der ihn sorgenvoll anschaut. „Lauf du weiter", keucht Paulson, „mir wird's zu schnell."

Sohnemann zeigt in diesem Moment Ansätze von sozialer Intelligenz und passt sich dem deutlich verringerten Tempo seines Vaters an. Paulson ist das im ersten Moment überhaupt nicht Recht, da er gelernt hat, dass jeder sein eigenes Rennen laufen sollte. Andererseits ist es aber auch ganz schön, nicht allein gegen die aufkommenden Schmerzen im rechten Oberschenkel ankämpfen zu müssen. Nachdem sich dann auch noch der linke Oberschenkel meldet, sich einzelne Unterarmhärchen schon gen Himmel aufgerichtet haben und der Kopf Nebelschwaden produziert, weiß er, dass der Bogen überspannt ist. Zum Glück kommt in diesem Moment die Kilometermarke „19". Paulson drosselt noch einmal das Tempo und beschließt in einem Anflug von geistiger Umnachtung, erst wieder auf der Zielgeraden seine wahre Leistungsstärke zu zeigen. Sohnemann ist dagegen weiterhin sehr flexibel und trabt leicht nach hinten versetzt neben ihm her.

Die Zielgerade erkennt Paulson am zunehmenden Zuschauerinteresse. Fetzige Rockmusik ertönt als Signal, dass der finale Turbo gezündet werden kann. Kurz vor dem Ziel läuft Sohnemann zu ihm auf und legt den Arm auf seine Schulter. Es ist geschafft: Gemeinsamer Zieleinlauf in einer Zeit von einer Stunde und zweiundfünfzig Minuten. Wahnsinn. Nicht nur unter zwei Stunden, nein, er kann es kaum glauben. Völlig entkräftet sinkt er in die Arme seines um zehn Zentimeter größeren Sprösslings. „Papa", meint dieser, „du bist super gelaufen. Echt stark."

Dann erfolgt der direkte Gang zu einem alkoholfreien Weizenbier. Nur Läufer können ermessen, wie gut der erste Schluck schmeckt. Himmlisch. Paulson schwebt auf Wolke Sieben, hört kurz in sich hinein: „ Die Beine fühlen sich gut an, haben sich erstaunlicherweise schnell erholt. Der Rücken verkündet keine Warnsignale." Sie suchen ein schattiges Plätzchen auf und lassen sich ermattet nieder.

Als Paulson sich nach einigen Minuten vom Boden erhebt, spürt er eine leichte Steifheit in den Gliedern. Er versucht eine Beuge. Wie sich schnell heraus stellt, war das keine gute Idee. Er lässt es bei dem einen Versuch und entscheidet spontan, das Beweglichkeitstraining bei Andi von einer Einheit in der Woche auf zwei zu erhöhen.

Wenig später sitzt er frisch geduscht neben Sohnemann im Auto und genießt die Fahrt mit seinem Chauffeur. Paulson freut sich auf einen entspannten Sonntag, als ihm einfällt, dass Maria eigentlich schon in Südafrika gelandet sein müsste: „Oder ist sie bereits am Samstag geflogen?" Er wundert sich, dass er wohl zu sehr mit sich und seinem anstehenden Marathon beschäftigt war. Früher wäre ihm das nicht passiert. „Obwohl", Paulson wirkt nicht unzufrieden mit sich, „eigentlich ist das doch ein gutes Zeichen dafür, dass ich mich tatsächlich etwas verändert habe. Gut dass es nicht bei den Vorsätzen geblieben ist. Diesmal hat es geklappt. Ich weiß aber, dass mir noch ein langer Weg bevor steht. Die ersten Schritte sind getan. Es werden noch weitere folgen."

Paulson überlegt: „Soll ich heute Abend noch ins Büro gehen, die kommende Woche vorbereiten?" Er spürt in seinen Rücken hinein – fühlt sich gut an.

52. Afrika brennt

Paulson konnte es sich noch nicht abgewöhnen, Sonntagabend zumindest seinen Email-Account zu checken. Maria und Rolf haben sich gemeldet:

„Chef, Rolf geht es sehr schlecht. Ich werde wohl nach Abschluss unseres Projektes hier bleiben und mich um ihn kümmern. Danke für alles. Sei mir nicht böse. Maria"

„Maria bemüht sich toll um mich, obwohl das eigentlich nicht nötig ist. Ich habe mich mit meiner Familie ausgesöhnt, trete bald eine längere Reise an. Es war eine gute Zeit mit dir. Rolf"

Leere macht sich in seinem Kopf breit: „Was antworte ich nur den Beiden? Die Inhalte der beiden Mails stimmen nicht überein. Das passt hinten und vorne nicht." Und es scheint, dass sich Maria in eine Sache verrannt hat, die einen wenig glücklichen Ausgang verspricht. Paulson kennt zur Genüge ihre Emotionalität und Spontaneität, die fernab jeglicher Rationalität sein kann. Wenn es diese Frau einmal gepackt hat, gibt es kein Halten mehr. Dann lebt sie in ihrer eigenen Welt, mit eigenem Fokus. „Verrückt", ist alles, was ihm in diesem Moment einfällt.

Paulsons Gedanken verdüstern sich. Sein südafrikanischer Kunde hat seit Monaten schon keine Rechnung mehr bezahlt. Die ausstehenden Forderungen belaufen sich auf eine ansehnliche Summe. Viel Geld für eine Beratung, die sich auf dem absteigenden Ast befindet. „Und in welche Richtung bewegt sich dein Ast?", will er gerne wissen, „in der Rotation, der Stagnation, im Umkehrschwung?". Eines steht jedenfalls für ihn fest: In relativ kurzer Zeit ist nichts mehr so, wie es einmal war. Es hat sich sehr viel verändert, verrückt im wahrsten Sinne des Wortes. „Sogar total", gesteht er sich ein, „erst kommst du ohne Krücke nicht mehr aus, kannst dich kaum mehr bewegen. Jetzt glaubst du Wahnwitziger, du könntest einen Marathon laufen. Einen ganzen mit zwei ... und vierzig ... tausend ... einhundert ... fünf und neunzig Metern. Wenn das nicht wirklich verrückt ist! "

Paulson nimmt seinen Terminkalender und schaut vorsichtshalber nach. Er nickt stumm lächelnd vor sich hin.

53. Pasta. Basta.

Knapp sechs Monate später.

Nach einer entspannten, pannen- und verspätungsfreien Anreise mit der Bahn holt Paulson sich auf dem alten Flughafen Tempelhof seine Startnummer ab, während eine Bekannte Karten für das Musicals „Hinterm Horizont geht's weiter" von UNS UDO organisiert. Das ist, wie sich bald zeigen sollte, eine sehr gute Entscheidung. Paulson ist sehr berührt von dieser musikalischen Zeitreise, die in Konturen erahnen lässt, was eine deutsch-deutsche Liebesbeziehung vor Öffnung der Grenze für die Betroffenen bedeutete. Die Musik ist rockig, die Atmosphäre Gänsehaut pur, die Stimmung undefinierbar, eine Mischung aus Lebensfreude, Entsetzen und Ungläubigkeit. Plötzlich bekommt die Vergangenheit auf der Bühne lebendige Gesichter, Körper, Gruppierungen, wird dadurch nachempfindbar. Er strahlt seine Bekannte an, das Musical ist erstens eine absolute Bereicherung für dieses Genre und zweitens eine mehr als gelungene Einstimmung auf den Abend in der Stadt, die stolz auf ihren Sex-Appeal, aber auch Weltmeister im Verdrängen von Schuldenbergen ist.

Zum Abendessen gibt es natürlich Pasta, so wie jeder, der seinen ersten Marathonlauf vor sich hat, eine große Menge an Kohlehydraten zu sich nimmt, ganz nach dem Motto: „So haben wir das immer gehandhabt." In den letzten Jahren sind zwar andere Lehrmeinungen dazugekommen, was insgesamt zu einer gewissen Verunsicherung der Läufergemeinde geführt hat, doch ist der Mensch nun mal ein Gewohnheitstier. Paulson löst diesen mehr theoretischen Diskurs ganz pragmatisch auf seine Weise: Pasta. Basta. Erstens weil ihm „Pasta Diabola" schon immer gut schmeckt, und zweitens weil er am nächsten Tag keinen neuen Weltrekord laufen, sondern ein schönes Erlebnis genießen möchte. Auf den normalerweise mit Pasta untrennbar verbundenen Chianti verzichtet er allerdings heute, da er in den langen Trainingsläufen zur Vorbereitung mehrfach erfahren musste, dass auch ein guter Rotwein ab einem gewissen Quantum für einen Langstreckenläufer nicht leistungsfördernd ist. Zumindest bei ihm ist Rotweingenuss gleichzusetzen mit spürbarem Kraftverlust am nächsten Tag. Zum Nachtisch gibt es dafür einen Espresso und dann einen gemütlichen Abendspaziergang vom Potsdamer Platz zum Hotel. Der Tag endet für ihn mit mentaler Vorbereitung auf morgen. „Auch so kann man das berühmt berüchtigte Berliner Nachtleben aktiv gestalten", resümiert Paulson und programmiert den Wecker auf sechs Uhr.

54. Countdown

Als sich sanfte Harfenklänge melden, hat er das Gefühl, geschmeidig wie eine Katze aus dem Bett zu gleiten und geräuschlos ins Badezimmer zu schweben. Er spürt lauwarme Wassertropfen perlend über seine Haut huschen, um dann unvermittelt wieder im Nebeldunst zu verschwinden. Paulson fühlt sich frisch, stark, bereit für eine große Herausforderung. Jetzt liegt sie nur noch wenige Stunden entfernt vor ihm, zum Greifen nahe. Auf dem Weg zum Frühstück checkt er gedanklich noch einmal seine Laufstrategie. „Nur jetzt nichts mehr ändern", ermahnt ihn seine innere Stimme, „solche Fehler machen nur Anfänger. Du bist kein Anfänger mehr." Dabei kann er sich ein leichtes Grinsen nicht verkneifen.

Im Frühstücksraum lächelt ihn ein halbes Brötchen mit dunkelroter Erdbeermarmelade an. Köstlich. Um ihn herum fröhliche Zeitgenossen, die sich alle auf einen langen Weg vorbereiten. Engländer mit ihrem unverzichtbaren Toastbrot, Franzosen mit einem kleinen Croissant, die Däninnen mit leckerem Obstsalat, die Deutschen mit Weißbrot, genau so wie es im „Großen Laufbuch" empfohlen wird. Die amerikanische Laufgruppe hat dagegen keinen einheitlichen Frühstücksauftritt und grast in unterschiedlicher Intensität das Buffet ab. Russische Sportler sind zu dieser frühen Zeit noch nicht zu identifizieren. Zumindest ist die kleine Dose mit den Fischeiern noch nicht angebrochen.

Der an sich nüchtern eingerichtete Frühstücksraum hat sich durch das ständige Kommen und Gehen von farbenfroh gekleideten Läuferinnen und Läufern zu einem kosmopolitischen Zentrum mit unvergleichbarem Multi-Kulti-Sprech gewandelt. Hier befindet sich heute der Nabel der Welt. Selbst die unnachahmlichen Zugpferde aus Kenia weilen in der Stadt, diese gazellenartigen Gestalten mit den schlanken Fesseln, den unendlich langen Schritten, der unglaublich hohen Schrittfrequenz. Paulson kommt aus dem Staunen kaum mehr heraus. Alles läuft wie in Trance ab, genau so wie in seinen Träumen. Er tackert seine Startnummer an den Laufgürtel, vereinbart dann per SMS mit seiner Bekannten: „Am Zelt der Samariter." Dieser Treffpunkt hat strategisch betrachtet zwei Vorteile: Erstens weiß man nie genau, was bei einem so langen Lauf passiert, und zweitens, er liegt ideal in der Nähe des Zieleinlaufs, ist also auch mit nahezu Null-Restkraft noch zu erreichen.

Dann geht es los in Richtung Museumsinsel. Die wenigen Kilometer vom Hotel zum Startbereich vergehen wie im Flug, vorbei am Bundeskanzleramt, ein strahlend blauer Himmel, ein kurzes Fotoshooting im Rahmen einer spontanen chinesisch-japanischen Verbrüderung. Kaum später liegt das Reichstagsgelände in seiner ganzen Pracht vor ihm. Er plaudert mit vier Kurzzeitbekannten aus dem Allgäu, allesamt erfahrene Läufer, eingehüllt in blendend weißen Gewändern und kniehohen Funktionsstrümpfen.

Dann erscheint das Athletendorf mit unzähligen Zelten, gigantisch, links davon das übermächtige Brandenburger Tor mit der Quadriga. Bei diesem Anblick fragt er sich kurz, wo hier ursprünglich diese menschenverachtende Mauer verlief? Sein momentanes Schaudern wird alsbald verdrängt von tiefer Dankbarkeit, die letztendlich in pure Vorfreude übergeht. „Entschuldigung, wo ist mein Startblock?", fragt er eine Hostess, die seinen Weg kreuzt. Diese schaut vielwissend auf seine Startnummer und führt ihn mit einem netten Lächeln zu „Block D, fünfzig Meter weiter vor, dann nach links." Und sie vergisst nicht, ihm auch noch viel Erfolg zu wünschen. „Was ein Service", denkt er, „warum hast du dich früher immer wieder über die Servicewüste Deutschland aufgeregt?" Aber hier in Berlin scheint heute wirklich alles anders zu sein.

176

55. Träumer

Ein Lächeln erreicht ihn. Absender ist ein verschmitzt dreinschauender Eidgenosse, ein Arzt, der mit seiner ganzen Sippschaft nach Berlin gekommen ist. Sie wollen ihn anfeuern, ihn bejubeln, ihn gesund ins Ziel kommen sehen. Vertieft ins Fachgespräch werden die Beiden jäh unterbrochen von einem mehr als vierzigtausendstimmigen Chor: „Neun, acht, sieben, sechs, fünf, vier, drei, zwei, eins."

Nach dem „PENG" löst sich die Anspannung schlagartig, zumindest bei denen in den ersten Reihen. Was eine Beschleunigung. Davon kann man im Startblock D nur träumen. Apropos träumen. Paulson ist hier mittendrin dabei, in einer Horde positiv Verrückter. Er hat noch nie so viele fröhlich gestimmte Menschen um sich herum erlebt. Unbeschreibliche Gefühle übermannen ihn, Gefühle des Glücks und der Dankbarkeit. Vor fünf Jahren hätte er jeden für verrückt erklärt, der ihm so etwas vorhergesagt hätte. Und nun ist er selbst so einer, der sich unbändig darauf freut, zweiundvierzig Kilometer laufen zu dürfen, die große Sightseeing-Tour durch Berlin, angefeuert von Hundertausenden an den Straßenrändern.

„Träumer" hört er und wird von dem Pulk um ihn herum sanft, aber bestimmt nach vorne geschoben. Die ersten Schritte erfolgen ganz gemächlich, dann wird die Gangart merklich lockerer, bis der rote Teppich erreicht ist, dessen Überschreiten für jeden Sportler als „Start bei Kilometer Null" interpretiert wird. Er hört ein permanentes „piep, piep, piep, piep", was jedoch keine Verschlechterung seines Tinnitus bedeutet, sondern das Signal der elektronischen Zeitnahme über den Chip am Laufschuh ist. Im Hinblick auf das heutige Großereignis hat Paulson Rennschuhe mit geringer Dämpfung gewählt, sogenannte Pacer, da davon auszugehen ist, dass der Trailingteil auf der Strecke keine wesentliche Rolle spielen wird. Mit dieser Vermutung liegt er absolut richtig und spürt schon auf den ersten Metern, dass heute sein Tag ist. Die Beine fühlen sich super gut an, die Muskulatur locker und die Gelenke gut geölt.

Paulson aktiviert hastig seine Pulsuhr und ab geht die Post. Zu diesem Zeitpunkt sind die als Erste gestarteten Kenianer schon mehr als fünf Kilometer gelaufen. Das interessiert ihn aber nicht im Geringsten, da er jetzt erst mal sein eigenes Tempo finden muss. Dazu schaut er sich nach einer Schrittmacherin um, also einer Laufkollegin, die etwa sein gewünschtes Tempo läuft und bereit ist, eventuell aufkommenden Gegenwind von ihm abzuhalten.

Er hatte während der monatelangen Vorbereitung festgestellt, dass Windschattenlaufen hinter dem weiblichen Geschlecht bei ihm ruhende Mitochondrien aktivieren kann. Er ist sich aber auch bewusst, dass diese Strategie Risiken birgt: Ist die Vorläuferin dann doch zu schnell für ihn, muss er, der pulsfrequenzorientierte Typ, sofort einen Gang herausnehmen und sich wieder neu justieren, was aus motivationstheoretischer Sicht auf Dauer wenig leistungsfördernd ist. Er muss daher bei der Wahl seines Schrittmachers sehr intelligent handeln. Wahrscheinlich kann ein Nichtläufer derartige mentale Prozesse kaum nachvollziehen, da ihm diesbezüglich jegliche Erfahrungswerte fehlen. Ein Praktiker dagegen kennt die Bedeutung von Hormonen insbesondere in der Endphase eines Laufes, wenn der rennende Mensch ohnehin nur noch vom Willen getrieben wird. Und der gibt vor, dass die Beine sich geradeaus nach vorne zu bewegen haben und zwar möglichst schnell. Dafür sind Testosteron und Serotonin in größeren Mengen durchaus förderlich.

Überhaupt ist es auf den letzten Kilometern ein absolutes Unding, sich von irgendwelchen Hektikern überholen zu lassen. Die letzten Kilometer sind zumindest für Paulson ausschließlich dafür vorgesehen, körperliche Strapazen mit läuferischen Überholmanövern zu kaschieren. Der seelische Schmerz, kurz vor dem Ziel noch überholt zu werden, vielleicht sogar von dem sogenannten schwachen Geschlecht, wäre ein Vielfaches der körperlichen Pein und sollte auf jeden Fall vermieden werden. Paulson hat allerdings auch schon die Erfahrung gemacht, dass sich Frauen wie Männer in dieser Frage gleichermaßen rücksichtslos gegenüber anderen verhalten.

Zu diesem frühen Zeitpunkt des Rennens ist das jedoch absolut kein Thema. Jeder, der an ihm vorbeiläuft, wird nur mild belächelt. Weiß er doch aus der einschlägigen Laufliteratur, dass zu frühe Überholmanöver spätestens ab Kilometer 28 zu extremen körperlichen Mehrbelastungen führen können. Erfahrene Läufer kennen dieses Phänomen unter dem Namen „Hammermann", also der Mann mit dem Hammer. Daher hat er sein eigenes Mentalprogramm zusammengestellt: Jede oder jeden ihn Überholenden sieht er vor seinem inneren Auge spätestens in der letzten Rennphase ausgepowert am Straßenrand stehen und nach Luft japsen. Und er, der Laufstratege, wird später, lächelnd mit einem aufmunternden „hau rein", die erneute Führung übernehmen. Und wem er später nicht mehr begegnet, der ist ohnehin für seine Motivation uninteressant, frei nach dem Motto: „Aus den Augen, aus dem Sinn."

Nach einigen Kilometern Alleinlauf hat Paulson einen Gleichgesinnten gefunden, der allerdings nicht vor, sondern neben ihm läuft. Die beiden unterhalten sich über Gott und die Welt, wie das bei derart langen Läufen durchaus nicht unüblich ist, zumindest bei denjenigen, die nicht unbedingt auf dem Siegertreppchen ganz oben stehen müssen. Das sind hier in Berlin relativ viele, wie man leicht ausrechnen kann, da das Siegerpodest nur für jeweils drei Frauen und drei Männer ausgerichtet und mehr als achtzigtausend Beine gestartet sind. Demzufolge spielt die kommunikative Komponente auf der Strecke eine genauso wichtige Rolle wie daneben. Hunderttausende sind bei schönstem Oktoberwetter aus ihren Hütten gekommen, um bei diesem Großereignis dabei zu sein und einen würdigen Rahmen zu bieten.

Paulson fragt sich, wie das wohl die Kenianer an der Spitze sehen, die es sehr eilig haben, das Rennen zu beenden: „Wahrscheinlich wollen sich die im Ziel nicht hinten an der Schlange zum alkoholfreien Weißbiertrinken anstellen. Wer ganz vorne dabei sein möchte, muss dann eben schneller laufen. So hart sind die Gesetze beim Marathonlauf."

56. Gewinner

Nach knapp mehr als zwei Stunden und drei Minuten hat der Sieger das Ziel erreicht, in neuer Weltrekordzeit. Er kann sich neben dem Weißbier noch über eine fette Siegprämie sowie ein neues Auto freuen. Die Zuschauer jubeln ihm frenetisch zu, kaum zweihundert Meter von Paulson entfernt, der soeben die Halbmarathonmarke passiert. Dieser checkt in Gedanken kurz sein Befinden und stellt fest, dass sich alles im grünen Bereich bewegt: Puls, Sauerstoff, Körner, Rücken und das Allerwichtigste, die Motivation. „Jetzt nur nicht übermütig werden", ermahnt er sich und tankt einen Schluck Wasser am nächsten Verpflegungsstand nach. Ein Blick auf die Uhr gibt ihm die Gewissheit, dass er planmäßig unterwegs ist. Paulson schaut immer wieder bewusst nach links und rechts, genießt die unglaubliche Stimmung. Laufen kann ein echter Genuss sein, wenn es läuft. Diese alte Läuferweisheit trifft allerdings auch im Gegenteil zu. Aber heute läuft es bei ihm.

Vergessen sind die langen Vorbereitungsläufe über mehr als dreißig Kilometer, die er meist auf dem allerletzten Teil im Gehschritt zu Ende gebracht hatte. Vergessen sind auch die nicht getrunkenen Gläser Rotwein, die jetzt für gute Beine sorgen. Er schaut auf seine Uhr: „Unglaublich, ich habe bereits fünfunddreißig Kilometer hinter mir und Freund Hammermann ist weit und breit nicht zu spüren."

Er nimmt die letzte verbliebene Salztablette mit einem kleinen Schluck Wasser zu sich und macht sich bereit für einen lang gezogenen Endspurt entlang der mehrstöckigen Tribüne entlang der Straße der Republik. „Ist das Leben nicht großartig", schießt ihm durch den Kopf.

Paulson klatscht auf dem letzten Kilometer zig Hände beim Vorbeilaufen ab und konzentriert sich auf das Durchlaufen eines Bogens des Brandenburger Tores. Er bleibt fast stehen, da er sich für einen Moment nicht entscheiden kann, ob er durch den linken, den mittleren oder den rechten Torbogen laufen soll. Er zögert und wählt dann den linken. Warum gerade diesen ist bis heute ein Rätsel geblieben. Den abschließenden Zieleinlauf erlebt Paulson nur noch in Trance. Er hat es geschafft.

Der Sieger, der heute einen neuen Weltrekord gelaufen ist, und Paulson haben einige Gemeinsamkeiten: Sie hatten beide einen Traum, sie sind beide ins Ziel gekommen mit persönlicher Bestzeit, sie haben sich beide verbessert, sie haben beide ihre persönlichen Grenzen überschritten, sie sind beide Gewinner.

Nach Erhalt der obligatorischen goldenen Siegermedaille setzt Paulson sich erschöpft aber überglücklich auf ein Stück Rasen, schließt die Augen. Die Vergangenheit rast an ihm vorbei: Burn in – burn out – burn on – burn for. Die Gegenwart dominiert. Er genießt für einen langen Moment sein Dasein auf diesem Planeten. Ein intensiver Augenblick, in dem Paulson und das Universum eins sind.

Nachwort

Es gibt viele, die Stem Paulson noch heute für verrückt halten. Das ist wahrscheinlich normal, denn nicht nur Ärzte, Freunde und Bekannte rieten ihm immer wieder von seinen Bemühungen ab, die teilweise aus der reinen Verzweiflung heraus entstanden waren. Irgendwann stellte er sich dann die Frage: „Wer ist denn nun tatsächlich verrückt?" Diejenigen, die glauben, was ihnen andere erzählen und raten, die Pasta, Pizza und Brot in sich hineinstopfen, weil das der Körper anscheinend braucht? Oder diejenigen, die den Kampf nicht aufgeben, bereit sind, alles, aber auch wirklich alles dafür zu tun, sich wieder bewegen zu können?

Paulson wurde immer wieder geraten, sich ja nicht zu überfordern, er solle doch Vernunft walten lassen und froh sein, dass es nicht schlimmer gekommen ist. Irgendwann sagte er sich: „Super! Wenn das normal ist, dann will ich keine Sekunde länger mehr normal sein." Heute betrachtet Paulson es als ein Kompliment, wenn er Sprüche hört wie: „Der spinnt ja", „in dem Alter", „der hat ja keinen Arsch mehr in der Hose" oder „wie kann man nur so verrückt sein".

‚verRückt' zu sein beziehungsweise zu werden, hat Paulson ins Leben zurückgeführt, ihn auf den Weg zu Lebensfreude und Vitalität geführt. Und ganz nebenbei: Er kann wieder gehen, walken, joggen, laufen, springen, rennen.